Annemarie Nikolaus: Ritorno al parquet
Quick, quick, slow – Club di Danza Lietzensee

Ritorno al parquet. *Quick, quick, slow – Club di Danza Lietzensee*
2° edizione 2021
Titolo dell'edizione originale tedesca: «Zurück aufs Parkett». Serie: *Quick, quick, slow – Tanzclub Lietzensee.*
Autore Annemarie Nikolaus
Copyright © 2015-2021 Annemarie Nikolaus, F-03240 Tronget
Tutti i diritti riservati
Traduzione di Ilaria Igieni
Progetto di copertina © Disegno Annemarie Nikolaus 2021, Foto 2021 wal_172619,
https://pixabay.com/de/photos/fernsehturm-geb%C3%A4ude-abend-stadtbild-6139241/
Pixabay License
ISBN: 9782902412846

ANNEMARIE NIKOLAUS

Ritorno al parquet

Quick, quick, slow – Club de Baile Lietzensee

1

Attonita, Friederike Lagrange guardò sua nipote allontanarsi: Madeline aveva stretto sotto il braccio la propria maschera balinese e con ciò evidentemente dichiarato concluso il ballo di carnevale.

George Lagrange afferrò la mano di Friederike. «Non preoccuparti, tra poco torna.» Si chinò sul suo orecchio per imporsi sulla musica che ricominciava. Il combo aveva preso il posto del pianista e il volume ora aumentò. Un ballo al Club di Danza Lietzensee non era pensato per la conversazione. «Con quei suoi eterni sandali non andrà lontano nella neve.»

«Ma allora non conosci bene Madeline, George.» Oltretutto, col costume da pirata Madeline portava degli stivali.

Robert Merck, originario compagno di ballo di Madeline, si sedette accanto a loro al tavolo; al posto in cui poco prima era seduta Madeline. «Davvero un peccato. Con quel girotondo straniero vostra nipote spreca il suo talento.»

Friederike alzò le sopracciglia perplessa. «Il gruppo di *square dance* porta sempre maggior guadagno al circolo.»

«Robert, mi sembra che tu stia sprecando il tuo tempo con noi. Non sei venuto qua per ballare?»

«Ho puntato su Madeline.» Fece un sorrisetto a George. «Non voglio mica cambiare circolo. Però non ho ancora trovato una compagna fissa.»

«Allora a maggior ragione adesso dovresti ballare», disse George. «La via migliore per trovare una nuova compagna.»

Lo sguardo di Robert vagò per la sala. «Non voglio provocare nessuno, ponendomi come rivale.» Il suo sguardo si fer-

mò su Friederike. Sospirò. «E domani ne riconoscerei a malapena una.»

Ma che razza di argomento era questo? Non poté fare a
meno di scuotere la testa.

Anche George scosse la testa. «Non dovresti darti pensiero per questo. Colei che è soddisfatta del proprio compagno
di sicuro non lo lascerà.» Strinse la mano di Friederike. «È un
po' come essere sposati.»

«Dunque, se è così...» Il sorriso di Robert ebbe improvvisamente un che di monello. «Allora di certo non me ne vorrai,
George.» Si alzò e si inchinò alla perfezione davanti a Friederike. «Posso invitarla alla danza di guerra, bella squaw?»

Lei rise. Robert era divertente; peccato che Madeline non
fosse andata d'accordo con lui.

«Mia moglie non balla!» George suonò brusco, duro.

Robert boccheggiò sorpreso. «È vero?»

«Mi piacerebbe davvero ballare. Però questo...» Friederike
indicò verso la pista da ballo, dove le coppie si strapazzavano in
una samba massacrante. «Questo è troppo stancante per me.»

Per un attimo Robert parve basito, ma poi tese la mano con
un sorriso. «Allora aspettiamo uno dei valzer lenti. Non hai anche tu un carnet di ballo? Mi segno, se George ha lasciato libero ancora qualcosa.»

Ora toccò a George sembrare basito. Si schiarì la gola, ma
prima che potesse dire qualcosa, Friederike fece scivolare il carnet di ballo verso Robert attraverso il tavolo.

Lui allungò la mano verso la matita che Madeline aveva lasciato lì e aprì il carnet. «Ma è ancora tutto vuoto!» Fece un
sorrisetto a George. «Pensavi di non avere alcun rivale?»

«Friederike non balla proprio più.»

Lei cominciò ad arrabbiarsi con George. «È una buona serata per ricominciare. Robert è sicuramente un ballerino pieno
di riguardo.» A dire il vero Madeline aveva raccontato tutt'al-

tro su di lui. Anche per questo non aveva più ballato con lui. Ma di certo poteva anche essere diverso, se non era interessato. E da lei non voleva nulla, a meno che per caso non avesse bisogno di una nuova nonna.

George parve voler rizzare le penne. Allora gli diede un calcio nello stinco sotto il tavolo, affinché tenesse la bocca chiusa. «Sarei felice di avere due compagni di ballo così meravigliosi come voi, stasera.» Indicò sul suo carnet di ballo due valzer lenti e uno slow fox. «Segnati qui, Robert.»

Lui guardò verso George, ma quello fu in grado di osservare impassibile. Quindi Robert si segnò lì. Poi diede il carnet a George e gli porse la matita.

Più che titubante, George glieli prese entrambi e poi studiò il carnet, farfugliando sottovoce i singoli balli in tono interrogativo. Alla prima rumba alzò gli occhi. «La rumba è sempre stata il tuo ballo preferito. Ma sarà certamente troppo faticoso per te.»

«Troppo faticoso? Una semplice rumba?» Robert spostò incredulo lo sguardo da George a lei. «Siamo a carnevale, non al primo di aprile.»

«Ho avuto un grave incidente d'auto, Robert. Ci sono voluti molti anni, perché io potessi poi camminare di nuovo.»

Il volto di George divenne sempre più impenetrabile. «E se Friederike si affatica troppo, zoppica ancora.»

«Mi dispiace molto.» Nella voce di Robert risuonò del sincero turbamento; dunque quel ragazzo non era affatto così cattivo. «Farò sicuramente attenzione a non affaticarti troppo.» Le posò due dita sulla mano. «Ma tu vuoi davvero ballare con me?»

Non lo aveva detto abbastanza chiaramente? «Se non ci provo, non scopro se ne sono di nuovo capace.» Guardò George. «Sarebbe meraviglioso se potessimo tornare a ballare come un tempo.» Forse allora avrebbero recuperato anche di più dei vecchi tempi; non solo il ballo.

«Insomma. Un paio di passi...» George posizionò la matita accanto alla rumba. «Però questo potrebbe privarti dell'ultimo ballo, Robert. Dubito che Friederike resista così a lungo.» Aggrottò la fronte. «Lo dici immediatamente se la gamba inizia a farti male, non è vero?»

Lei annuì. Ma garantito che non l'avrebbe fatto. Non era una che al primo dolorino gettava la spugna. Altrimenti sarebbe stata ancora seduta sulla sedia a rotelle. Cosa che lui non capiva – uomini!

Quando in seguito risuonarono le prime note del valzer lento, Robert si alzò e spostò di lato la sciabola nella sua fusciacca. «Sei pronta, Friederike?»

Eccome se era pronta! I mocassini erano bassi e si adattavano morbidamente ai suoi piedi. Con quelli si muoveva come camminasse sulle nuvole.

Robert la guidò con tocco delicato nel passo base; la sua bocca era vicinissima all'orecchio di lei. «Non vogliamo far brutta figura, eh? Dimmi cosa ti senti sicura di ballare.»

Lei socchiuse gli occhi, si lasciò condurre per due battute dalla musica e da Robert. «Credo di riuscire a fare tutti i passi con te.»

Lui rise piano. «Non ho sospettato che tu abbia dimenticato qualcosa. Ma se ti stanco già con il primo ballo, devo rinunciare a entrambi gli altri.»

«Te lo dirò, quando sarà troppo per me.» Questa dichiarazione le valse un'occhiata più che scettica. Quindi aveva notato che lei poco prima aveva mentito a George. Gli sorrise. «Davvero!»

Erano giunti al primo angolo della sala e lui la guidò in una giravolta, osservando intanto l'espressione del suo viso. Quello che vide probabilmente lo rassicurò, poiché la sua presa divenne un po' più allentata. Si rilassò e subito dopo la fece girare ancora una volta.

Friederike chiuse gli occhi per un attimo. «Fino ad ora non sapevo quanto questo mi mancasse davvero.»

«E avevi ragione a provarci. Sei agile come una ragazzina.» Fece un ampio sorriso. «Ma molto più obbediente.»

Che si riferisse a Madeline? All'inizio della serata Madeline gli aveva quasi cavato gli occhi. Non poté fare a meno di scoppiare a ridere. «Talvolta vale la pena essere obbediente.» Per una volta non capiva sua nipote. Con la sua selvatichezza non aveva ottenuto altro che guastarsi quella serata.

Robert divenne più audace e ballò con lei un lungo passaggio che esigeva da lei una sequenza di passi più veloce. «Brava!», le sussurrò all'orecchio, ma poi si irrigidì di colpo, gli occhi sbarrati.

Lei voltò la testa di lato in posizione irregolare per vedere dove guardava. Incontrò lo sguardo di George, che a quanto pareva li seguiva con gli occhi stretti a fessura. Al giro successivo, lei sollevò un po' la mano dal braccio di Robert per fargli un cenno.

Quando il ballo terminò, sospirò soddisfatta.

«Sollevata?» Robert posò la mano di lei nell'incavo del proprio braccio per ricondurla al tavolo.

«Sì. Ma per un motivo diverso da quello che forse pensi tu: sono felice di aver osato.»

«Sembri sapere molto bene quello che puoi pretendere da te stessa. Non so proprio perché George si preoccupi così tanto!»

Ora però doveva proprio difenderlo. «Ne ha passate tante, durante la mia riabilitazione. Ci furono un paio di ricadute. All'inizio. Perciò appunto non sapevo ancora cosa posso pretendere da me stessa e cosa ancora non va.»

«E per questo adesso lui ti tiene nella bambagia.»

Il loro arrivo al tavolo la dispensò dal rispondere.

George allungò la mano verso di lei e le impedì di sedersi subito. «Tutto a posto?» Le toccò il collo. «Sei in un bagno di sudore.»

«La ero già anche prima del ballo. Il mio costume è troppo pesante per questo posto. Hanno riscaldato la sala per quelli seminudi.»

George abboccò subito alla manovra diversiva. «Dovresti saperlo ancora che le ballerine di latino-americano sono sempre seminude. O no?»

«Sicuro. E anche noi eravamo sempre grati per sale adeguatamente calde.» Alzò le spalle. «Non mi lamento. Ti ho solo spiegato perché sto sudando.»

Finalmente la lasciò andare e lei si sedette: più che felice adesso di poter alleggerire la gamba. Afferrò il suo bicchiere di vino e intanto spostò deliberatamente il carnet di ballo dal tavolo. Sollevandolo, voleva sbirciare con discrezione per quanto tempo poteva riposarsi. Ma Robert era attento e più veloce di lei. Adagiò davanti a lei il carnet prima ancora che lei avesse posato di nuovo il bicchiere. Però lo aprì e vi diede un'occhiata. Aveva per caso intuito di nuovo le sue intenzioni o voleva semplicemente sapere per proprio conto quand'era il loro prossimo ballo?

Con cautela, lei mosse la gamba sotto il tavolo. Se avesse potuto massaggiare un pochino la coscia, allora quel dolore lancinante sarebbe cessato. Ma non si azzardava ad andare sotto al tavolo con la mano; George l'avrebbe notato e saputo cosa significava. E le avrebbe fatto una scenata.

Tre balli più tardi, ci fu il successivo valzer lento. Dopo due giri, il dolore alla gamba si fece più accentuato. Fedele alla sua promessa, chinò la testa più vicino a Robert e bisbigliò: «Ora meglio che questo lo facciamo meno vivace.»

«Ho già notato la tua esitazione.» Con due dita le carezzò la schiena brevemente e in modo appena percettibile. «Sono contento che tu me lo dica veramente.»

Lei rise divertita. «Ma ovvio. Non voglio mica mettere a repentaglio lo slow fox.»

«O la rumba con George.» In realtà adesso a quello non aveva proprio pensato. Poiché lei non disse nulla in proposito, lui continuò. «Quanto tempo è passato dall'ultima volta che hai ballato con tuo marito?»

«Oh!» Contò mentalmente gli anni passati dall'incidente. «Un'eternità. Era in un'altra vita.»

«Fino al tuo incidente avete ballato alle gare?»

«In pratica non abbiamo fatto nient'altro. Oltre al lavoro, ovviamente.»

«Allora quella era davvero un'altra vita!» Il suo sguardo andò a George. «Suppongo che dopodiché lui abbia svolto il lavoro d'amministrazione al posto dell'allenamento.» La guardò attentamente. «E tu? Tu in cosa hai trovato soddisfazione, invece?» Ma perché non aveva mostrato così tanta capacità di immedesimazione con Madeline? Si stupiva di lui sempre più.

«Ho pubblicato due libri sulle danze locali nel Medioevo.»

Robert andò fuori tempo. «Sei una giornalista o una cosa del genere?»

Lei rise. «No, molto peggio. Storica. Ho una cattedra alla Freie Universität.»

Robert deglutì, visibilmente impressionato. Per un attimo i suoi movimenti persero la loro leggerezza, ma poi si riprese.

Forse meglio non dirgli che era stata la prima donna a ottenere il più alto livello della cattedra ordinaria di storia. «La ricerca mi ha salvato. Almeno questo potevo sempre farlo: leggere e scrivere libri.»

Sembrò un po' trasognato. «C'è bisogno di un hobby, perché la vita di tutti i giorni non sia così grigia. A me il ballo offre il diversivo necessario.»

Lei rise. «Dunque ho avuto doppiamente fortuna. Il mio hobby è allo stesso tempo la mia professione. In un certo qual modo.»

Poi anche quel valzer lento finì. La conversazione nel frattempo l'aveva assorbita così profondamente che non si era per nulla resa conto della fatica. Ma ora fu grata che lui la prendesse a braccetto, quando la riaccompagnò al tavolo. Appoggiandosi al suo braccio, poteva alleggerire la gamba senza zoppicare vistosamente. O così sperava. Lo sguardo critico con cui George la attendeva non mostrava solo preoccupazione, ma anche aperta disapprovazione.

Con un sorriso raggiante per lui, aprì il proprio carnet di ballo. «Il prossimo lo ballo con te.» Prima di quella rumba c'erano altri cinque balli. Doveva bastare per riposare la sua gamba dolorante. Si appese la borsetta alla spalla. «Vado a restaurarmi, così non ti faccio disonore.» Dopo un bacio sulla guancia di lui, se ne andò a passi lenti verso l'uscita della sala. Cinque minuti di massaggio per la sua coscia lontano dagli occhi vigili di George: ecco di cosa aveva bisogno adesso.

La porta della sala piccola si dischiuse e per un attimo la musica disco le rimbombò nelle orecchie. Là dentro la luce sfarfallava. Marga Fischer, che in realtà era solo un'aiutante d'ufficio, ancora una volta non aveva badato a sforzi. Ma come aveva fatto a procurare uno stroboscopio? Il Club di Danza Lietzensee non sarebbe stato quello che era, se non ci fosse stata lei. Persino George la definiva l'angelo del circolo; ed era tutto dire. Lui che difficilmente perdeva occasione di attribuirsi tutto il merito.

Invece di rinchiudersi nello spogliatoio per massaggiarsi la gamba, in effetti avrebbe potuto sedersi accanto a Marga e chiacchierare con lei. Uno sgabello del bar andava altrettanto bene.

Friederike si voltò verso il bar. I suoi occhi si spalancarono scioccati. Ma Madeline non era andata a casa!

Si era immaginata la ragazza nel suo letto. Invece sedeva sul pavimento davanti al bar, la testa sepolta nella spalla di un uomo di bell'aspetto.

«Madeline!»

Madeline alzò la testa e strizzò gli occhi sorpresa. Il mascara era sciolto e gli occhi erano visibilmente arrossati dal pianto.

«Nonna.» Un sorriso le si allargò sul viso.

Shock e sdegno combattevano in Friederike. Squadrò l'uomo. «Che ci fai tu qui? Perché hai pianto?» Le ci volle ancora un momento, poi alla fine lo riconobbe: Chris Rinehart, il *caller* degli *square dancer*.

«Non ho pianto.» La sua voce tremolò; era mica ubriaca? Madeline guardò Chris. «Comunque non veramente.»

Lui la aiutò a reggersi in piedi e intanto si alzò a sua volta. Madeline era appesa a lui come un sacco bagnato. Il viso di lui splendeva proprio come quello di Madeline. Significava che finalmente quei due ne avevano parlato col cuore in mano?

Friederike si avvicinò a lei. Aveva proprio voglia di prendere tra le braccia Madeline, ma evidentemente la ragazza adesso aveva un sostegno migliore.

«Hinnerk mi... mi ci ha fatto cascare.» Squittì la voce di Madeline, prima che il resto delle sue parole venisse strozzato da un violento singulto.

Friederike squadrò Chris. «Sei altrettanto ubriaco?»

«Non me lo posso permettere. Domattina presto ho la reperibilità.» In effetti suonava sobrio; bene. Quindi non doveva preoccuparsi.

Si sedette su uno sgabello del bar accanto a loro due e iniziò a massaggiarsi la coscia. «Anch'io ho qualcosa da raccontarti, Madeline: ho ballato di nuovo!» Rise del volto sbalordito di Madeline.

Un attimo dopo, Madeline le aveva gettato le braccia al collo e la stringeva entusiasticamente a sé. Piangeva di nuovo. «Oh nonna; come sono felice.»

Singhiozzò e d'un tratto anche a Friederike vennero le lacrime agli occhi. «Ma allora non dovresti piangere.»

«Posso aiutarti?», la interruppe Chris a bassa voce. Toccò la mano di lei che stava massaggiando. «Posso massaggiarti io. Sciogliere i tuoi muscoli contratti, se non preferisci andare a casa e sdraiarti.»

«A casa?» Scoppiò a ridere. «No, mi godrò la serata ancora per un po'.»

Chris spostò da parte la mano di lei e si mise all'opera. Evidentemente aveva imparato a farlo come un vero massaggiatore.

Madeline si asciugò le lacrime. «Sono così felice per te. Come se l'è cavata il nonno?»

Friederike fece una smorfia. «Devo ancora fare il primo ballo con tuo nonno. Il tuo vecchio amico Robert mi ha fatto quest'onore.»

Madeline rimase a bocca aperta. Quando poté richiuderla, disse: «Non ci credo. Proprio non ci credo.»

«Questa è una notte delle meraviglie. Ho ragione, Chris?»

«Si può vederla così.» Con una mano strinse dolcemente a sé Madeline.

Lei si voltò verso di lui e lo baciò con disinvoltura. «Una notte meravigliosa.»

Friederike scivolò giù dallo sgabello. «Non voglio perdermi questo primo ballo con George. Portala a casa, Chris. Madeline dovrebbe essere a letto.»

Madeline mise il broncio. «Ma...»

«Non importa in quale.» Fece l'occhiolino a entrambi. «In ogni caso tuo nonno pensa che tu ci sia arrivata da un pezzo. Bada a lei, Chris.»

Rumba. Fece ondeggiare una volta i fianchi, prima di avviarsi per tornare nella sala da ballo.

Robert aveva trovato un'altra compagna di ballo; dunque si era buttato. Al suo posto al tavolo sedeva Werner Heinemann, il tesoriere del circolo. A giudicare dal viso preoccupato, immerso in un discorso serio con George. Per una volta quell'uomo non poteva divertirsi e smetterla di contare soldi inesistenti?

Il pianista francese, Gaston o come si chiamava, attaccò una milonga di Astor Piazzolla. Dopodiché, molti abbandonarono la pista da ballo; la milonga non faceva parte del programma di ballo ufficiale. Sempre pochi al circolo si prendevano la briga di guardare più in là del proprio naso: l'ambizione invece del divertimento animava soprattutto la formazione latina. E i ballerini da sala per primi! Il Club di Danza Lietzensee doveva imparare che doveva distinguersi dagli altri circoli di danza, se voleva sopravvivere. La *square dance* era stata un buon inizio, ma purtroppo non più di questo.

Ad ogni modo, non era il momento per parlarne. Si mise dietro a Werner e gli posò una mano sulla spalla. «Dove hai lasciato tua moglie?»

«Non ne ho idea.» La sua voce suonava ancor più tombale del normale. «Ha insistito che venissimo separatamente. E ora non riesco a trovarla.»

«Forse è in discoteca con i ragazzi?»

«Christina? Mai!» Scosse il capo. «Aspetto e basta, finché verranno tolte le maschere.» Ah, ecco cos'era: non conosceva il suo costume.

Ascoltò la milonga, poi si rivolse a George. «Tra poco c'è la nostra rumba.» Era felice in modo davvero incontenibile. E fu ancora più felice quando lui si alzò, si abbottonò la giacca e le porse il braccio. Come ai vecchi tempi. Per tanto tempo aveva creduto che questo non le sarebbe mai successo di nuovo.

«Tu balli, Friederike?» Sul viso di Werner c'erano shock e incredulità.

«Ne sei stupito, vero?» Prese il braccio di George e si allungò per dargli un bacio sulla guancia. «Questa è una notte delle meraviglie.»

Werner sospirò, evidentemente incapace di condividere la sua felicità. «Anche a me ne farebbe comodo una. Per la cassa del circolo. O almeno uno sponsor potente.»

Nel camminare sfiorava George muovendo un po' i fianchi di qua e di là, per sciogliere il bacino per la rumba. Subito lui si fermò; ma quando lei gli sorrise allegra, la strinse a sé. «Quasi come allora.»

Lui ballò più stretto di quanto si conveniva per una rumba, ma lei non era sicura della sua motivazione e perciò non volle dire niente al riguardo.

La guidava con movimenti energici, come era stata abituata da lui. Però era nettamente più rigido di un tempo; ovvio. Dopo tutti quegli anni in cui anche lui aveva ballato a malapena. Prima, con Robert, si era mossa in maggior armonia. Ma non era solo questo a intralciare la sintonia. Dopo un mezzo giro di sala, lo capì: George pareva soprattutto scrupoloso nel rivangare il ricordo delle loro vecchie sequenze di passi e metteva il loro divertimento solamente in secondo piano. La sua maledetta ambizione. Quante volte l'aveva fatta imbestialire per questo, anche se solo così lui li aveva portati ad ottime prestazioni.

Lei automaticamente si irrigidì, però riuscì a fargli un sorriso. «È esattamente come allora!»

Lui rimase sorpreso e poi parve capire; le ghignò di rimando. «E come allora tu aspetti fino alla nausea, prima di aprire bocca.» Si fermò e divenne serio. «Però una cosa adesso è diversa. Non voglio che ti affatichi.» Con le labbra le sfiorò fuggevolmente la guancia. «Sono troppo vecchio per portarti in palmo di mano.»

Difficilmente la sua età era stata la ragione della distanza negli ultimi anni, ma quella sera lei voleva dileguare ogni amarezza. «Allora probabilmente ho bisogno di qualcuno di giovane come quel Robert. D'altronde non è proprio per nulla un cattivo ballerino.»

George riprese il tempo e ricominciarono a ballare. «Madeline è stata sciocca a dargli il benservito. Avrebbe potuto ottenere parecchio con lui.»

«Presumibilmente dovremo aspettare i nostri pronipoti, per rivedere dei ballerini da sala in famiglia.»

«Allora non vivremo abbastanza per vederlo!» Le lasciò il fianco e la spinse in una lenta giravolta. Intanto osservò attentamente l'espressione del suo viso. «Non è troppo per te, Rieke?»

«Ma no. È tutto meraviglioso.» Gli mise le braccia attorno al collo e premette il proprio viso contro il suo. «Mi sento come una ragazzina.»

Lui aggrottò la fronte. «Ma non c'è motivo di comportarti come tale. Stiamo dando nell'occhio.»

«Vecchio brontolone.» Rise. «Ovvio che diamo nell'occhio! Quanti dei membri del circolo qui ci hanno mai visto ballare insieme?»

Lui si guardò attorno. «Nessuno!» Dopo il giro successivo si fermò e si rivolse alla coppia a cui in questo modo bloccavano la strada. «Ne siete sorpresi, vero?»

Quelli che lo avevano sentito, risero. E poi le coppie si disposero in cerchio attorno a loro. Per un attimo lei trattenne il fiato. In effetti la cosa era inquietante, ma in realtà poteva contribuire al prestigio di George, che gli altri lo vedessero ballare. Qualcuno dei giovani poteva credere che lui non ne fosse più in grado da un pezzo.

Quando il ballo stava finendo, ricominciò a sentire la gamba; ma per niente al mondo lo avrebbe rivelato. Prima di tutto, guardò raggiante gli astanti e fece un cenno, come fosse di nuovo a una gara; poi guardò raggiante George. Così rilassato e di buon umore, non lo aveva più visto da tempo. Quanto si sarebbe potuto ricostruire dopo questo!

2

Lunedì mattina Friederike faceva ancora fatica a muoversi con disinvoltura. Tuttavia, mise su un CD e costrinse le membra doloranti all'obbedienza, mentre si muoveva ondeggiando i fianchi tra zona pranzo, frigorifero e fornelli.

George sedeva al tavolo della colazione e seguiva i suoi movimenti con occhi di Argo, come già per tutta la domenica. Alla fine la bloccò. «Il ballo ovviamente ti ha reso spavalda.»

«Me lo sono goduto. Non sapevo quanto mi è mancato ballare.»

«Ce la siamo passata bene insieme; ogni tanto manca anche a me.» La attirò sulla sedia accanto a sé. «Ma abbiamo una bella vita anche senza il nostro ballo.» Lo pensava davvero? Allora perché trascorreva quasi tutto il tempo libero al Club di Danza? Le accarezzò la schiena, come dovesse rabbonirla. «Non possiamo portare indietro il tempo. E nemmeno abbiamo più vent'anni.»

«Tu pensi che io non ci riesca!» Non gli aveva ancora dimostrato abbastanza spesso che lei portava a termine tutto quello che voleva?

«Guarda come ti strapazzi, Rieke!» Strinse le labbra impaziente. «Non era nemmeno una mezzora. Con lunghe pause in mezzo. Due giorni fa!»

Su una cosa ovviamente lui aveva ragione: così non andava. Non ancora. Ma voleva tornare a ballare e sarebbe riuscita a farlo, come anche tutto il resto dopo l'incidente. E con il ballo avrebbe avuto indietro anche il suo matrimonio. «Naturalmente. La prima volta dopo... dopo sedici anni.» Quasi automaticamente si posò la mano sulla gamba. «Questo non è più un muscolo. Tutta cellulite.»

«Cosa?» Nel suo sguardo c'era perplessità.

«Il grande cruccio di tutte le donne che invecchiano: la carne flaccida delle cosce.»

La spiegazione lo lasciò solo lì a guardare ancor più confuso; così lei preferì mettere fine al discorso.

***

In mattinata Friederike sedeva nel suo ufficio al Friedrich-Meinecke-Institut. Quando si alzava dal proprio computer per stiracchiarsi, eseguiva dei passi di danza. In facoltà erano abituati che ci fosse la musica nel suo ufficio. Roberta Flaim, la sua segretaria, non avrebbe fatto caso che al posto del minuetto improvvisamente c'era il tango. Ma da sola, ovviamente, non era la stessa cosa che con un compagno.

A mezzogiorno Michael Hagwarth bussò alla sua porta. Il collega, solo di poco più anziano, svolgeva ricerche sulla musica occitana del Medioevo; insieme lavoravano a un progetto di ricerca sulle origini delle danze cortesi del barocco.

Soprappensiero, si massaggiò la coscia, mentre lui eseguiva per lei col proprio portatile dei brani musicali che aveva raggruppato in un collage.

D'improvviso, spense nel bel mezzo di un pezzo. «Cosa succede alla tua gamba? Ti sei fatta male?»

Per l'imbarazzo, un'ondata di calore le si diffuse sul viso. «Ehm, non è niente.»

«Ti sei affaticata troppo.» La squadrò tanto scettico quanto George aveva fatto dal ballo in poi. «Dunque nessuno si prende cura di te?»

«Ma lo sai che non mi ferma nulla.»

«Certamente!» Il suo sguardo divenne ancor più vigile di

prima. «E cos'hai combinato questa volta?»

Lei ridacchiò; ma a differenza di George, a lui non doveva nascondere nulla. Michael non la teneva nella bambagia. «Sono stata a ballare.»

«Ballare?» Per un attimo rimase a bocca aperta. Poi sorrise. «Ballare è splendido! E io pensavo che il tuo interesse per gagliarde e minuetti fosse puramente scientifico.»

«Tuttavia ho bisogno di un compagno di ballo!»

Lui la fissò basito. «Che ne è di tuo marito?»

«Non gli ho detto che voglio tornare a ballare.»

«Rieke, Rieke!» Si sedette sul bordo della sua scrivania. «Inganni tuo marito? Dopo così tanti anni?»

Lei rise divertita. «Dopo così tanti anni, sarà forse il momento di farlo.»

Michael parve scioccato.

«Non ho intenzione di ingannarlo, come dici tu. Però una donna ha bisogno dei suoi piccoli segreti. Altrimenti come potremmo sorprendervi di tanto in tanto?»

«E perché adesso lo riveli a me?»

«Vieni a ballare con me.» Accese la musica sul proprio computer e si mosse in un paso doble, così come poteva da sola. Il cha cha cha, dopo, fu di più facile esecuzione. Poi rimase ferma e lo guardò carica di aspettativa.

Lui rise piano. «E questo cos'era? Vuoi convincermi che con te non faccio brutta figura?» Si alzò, contò una battuta del tango che suonava nel frattempo e poi la prese nella postura del ballo. «È troppo stretto qui», disse dopo tre passi. «Dobbiamo andarcene altrove.» Ciononostante la guidò in una *promenade*. «Però, se vuoi ingannare tuo marito, probabilmente non possiamo andare nel suo circolo. Oppure c'è una possibilità che là rimaniamo nascosti?»

«Voglio sorprenderlo, non ingannarlo.» Sogghignò maliziosa. «Se mi scopre al gruppo di ballo, sarà sorpreso.»

«Ed è una cosa buona?»

«George non si abbasserebbe mai a ballare nel gruppo di ballo.» Alzò le spalle. «Sarebbe quasi come frequentare un corso per principianti.»

Lui la guardò diffidente. «E ritieni che questa sia una cosa buona?», ripeté.

«Me ne accorgerò.» Rise del suo viso tetro. «Cosa mai potrebbe succedere?»

«Potrebbe venirgli l'idea di picchiarmi.»

«Allora ti proteggo io.»

Sogghignò. «Ma sei abbastanza forte?»

«Mi iscriverò a un corso di karate nel mio centro fitness.»

«Allora rischio. Dimmi solo quando hai imparato abbastanza karate.»

3

Friederike aveva messo al corrente Madeline e quattro settimane più tardi si avventurò nel Club di Danza Lietzensee.
Ora si sarebbe visto quanto serviva l'allenamento supplemen-
tare nel suo centro fitness.

«Gita di famiglia», annunciò Madeline alla stupefatta Marga
Fischer, quando un'ora prima dell'inizio entrarono nei locali
del circolo.

«Hai di nuovo le ripetizioni con Chris?» Marga sollevò lo
sguardo dalla cassa di bottiglie d'acqua che stava trasferendo
nel frigo dietro il bar. «Pensavo che non le faceste più qui.»

«Chris è di turno. Come sempre comparirà solo all'ultimo
minuto.» Spinse Friederike più vicino al bar. «Oggi è la nonna
la nostra allieva di ripetizioni.»

«Ma George oggi e domani è nell'isola di Rügen per preparare i campionati della Germania del nord.» Marga trascinò
una cassetta di birra davanti allo sportello aperto del frigo.

«Il nonno oggi non viene. Esatto!» Madeline annuì. «Lei ha
ingaggiato un collega della sua facoltà e viene anche Hinnerk.
Mostrerà loro cosa sta facendo Ines.»

Hinnerk Martens, il compagno di Madeline a *square dance*,
era anche aggiornato sul gruppo di ballo, perché spesso dava
una mano quando là mancava un cavaliere. Per questo lo aveva persuaso a presentare l'attuale programma di allenamento
del gruppo di ballo a Friederike e Michael.

Friederike non sapeva bene cosa doveva pensare dell'espressione di Marga. Ma erano affari della collaboratrice ammi-

nistrativa? Doveva registrare la sua condizione di socia e iscriverla al gruppo di ballo. E poi porgerle una bottiglia d'acqua.

«Cosa dice George in proposito?» Quella Marga era davvero curiosa.

«Posso avere la chiave per lo stereo?» Madeline sembrava aver notato il disagio di Friederike; con quella domanda ostentava di essere la nipote del presidente.

Marga si lasciò effettivamente distrarre e andò in ufficio a prenderla.

Friederike strinse la mano di Madeline con gratitudine.

Prima che Marga tornasse, Hinnerk guardò dietro l'angolo. «Ancora una volta niente parcheggio.» Fece una smorfia. «A momenti avrei parcheggiato a Hong Kong.»

«Non abbiamo ancora una pista di atterraggio per elicotteri sul tetto», giunse dietro di lui la voce di Marga. Sapeva anche essere spiritosa? Rassicurante. – Marga tese la chiave a Madeline. «Questo è estremamente irregolare.»

«Perché? Anche le coppie da concorso ballano da sole.»

«Ma la signora Lagrange non è nemmeno socia del circolo.» Ancora uno sguardo di disapprovazione.

Friederike alzò le sopracciglia perplessa. Cos'era che Marga credeva di dover proteggere? «Perché non mi hai portato una domanda di ammissione? Non era abbastanza chiaro che volevo partecipare al gruppo di ballo?»

Marga si chinò di nuovo sulla cassetta di birra. «Ci eravamo fermate alla constatazione che George oggi è a Rügen.»

«Embè? Non sapevo che il presidente dovesse approvare le domande di ammissione.»

Marga sospirò e tornò nell'ufficio.

«Non l'ho mai vista così», sussurrò Madeline. «Ma che le è preso?»

Subito dopo Madeline accolse Michael come fosse la padrona di casa, prima che Marga potesse proferire più di un

«Buonasera». Evidentemente l'amore l'aveva resa sicura di sé: e aveva veramente vinto una battaglia, tenendo testa a George.

Madeline andò lei stessa in ufficio a prendere una seconda domanda di ammissione. «Per dopo! C'è ancora qualcosa come una lezione di prova.»

Friederike rise. «Sai che non ne ho bisogno.»

«E se poi è troppo faticoso?» Marga dava sempre più l'impressione di volerle tenere lontane.

«Ce la faremo», dichiarò Michael. «La vostra istruttrice non ci staccherà certo la testa, se prolunghiamo le pause di nostra iniziativa.»

Marga scosse la testa. «E se poi lo fanno tutti?»

«Marga!» Madeline la folgorò. «Adesso piantala, però. Sembra proprio che tu non voglia lasciar ballare la nonna. Deve forse cercarsi un altro circolo?»

Hinnerk sogghignò. «Cosa direbbe George in proposito?»

Madeline divaricò i piedi e fece la voce più profonda che poté. «Rieke, tu danneggi la reputazione del nostro circolo.» E poi con la sua voce normale. «Significa che mi rendi inaccettabile come presidente.»

Marga apparve scioccata. «Come parli di tuo nonno?»

«Non prendertela, Marga. È un affare di famiglia.» Madeline prese la chiave per lo stereo e andò nella sala da ballo piccola.

Friederike e Michael lasciarono le domande di ammissione al bar da Marga e la seguirono. Hinnerk prese alcuni CD dall'armadio della sala; mise su un valzer lento.

«Friederike, quali passi ti ricordi ancora? Michael, quanto bene sai ballare?» Madeline si appoggiò alla parete accanto a Hinnerk. «Fateci vedere. Poi lasciamo che Hinnerk ci presenti cosa ha fatto ultimamente Ines al gruppo di ballo.»

Michael condusse Friederike in posizione regolamentare al centro del parquet. Poiché nei suoi occhi balenò la monelleria, lei rispose al suo inchinare il capo con una riverenza, la gonna lunga solo fino al ginocchio drappeggiata nella mano destra. Sapeva già da ora che si sarebbero divertiti un mondo.

La teneva in modo non del tutto corretto; la sua mano era un po' troppo in basso sulla schiena di lei. Ma questo non la infastidiva: le dava l'impressione di un sostegno in buona fede o come se così potesse condurla più facilmente. Infatti dopo un paio di passi lui spostò la mano più in alto. Per il primo lato lungo della sala, lui ballò solo i passi base e lei si rese conto che non gli aveva chiesto quanto bene sapeva ballare. Ma in realtà la cosa era indifferente.

«Come ti senti, Friederike?»

«Benissimo.» Lo guardò raggiante e spostò la mano un po' più in alto sulla spalla di lui; era un gesto automatico del periodo con George. Se ne accorse solo quando lui la guardò un po' interdetto. «Non risparmiarmi; altrimenti ti annoi.» In verità, lei stessa cominciava a trovare monotoni i movimenti. D'improvviso capì un po' le pretese di George.

Un attimo dopo, Michael la sorprese con passi che appartenevano al livello dei ballerini da sala principianti. Lo seguì facilmente e presto iniziò a scottare per la foga.

Michael si fermò di colpo e le posò una mano sulla guancia. «Stai bene?»

«Benissimo», ripeté lei. Probabilmente era suonata poco convincente, perché il suo sguardo restò preoccupato. Premette il viso sulla mano di lui, che era ancora sulla sua guancia. «Sai che non te la do mai a bere.» Con la mano sulla sua spalla, lo spinse in un movimento.

Lui obbedì e continuarono a ballare. Ripeteva ogni figura due volte prima di passare a quella successiva. Niente di tutto questo era particolarmente faticoso – beh, era solo un valzer lento. Quando la musica si spense, lei seppe che le lezioni extra al centro fitness erano valse la pena. La sua coscia non guizzava né pulsava. Senza farsi notare, vi posò sopra la mano. Risultò fresca sotto la stoffa.

Hinnerk batté due volte le mani.

«Brava», disse Madeline. «Mi sa che mi sono persa qualcosa, al ballo di carnevale.»

«Avevi qualcosa di più importante da fare che stare a guardare una vecchietta come me.» Espirò sollevata.

Michael doveva averla osservata scrupolosamente, perché subito le sue sopracciglia si alzarono.

Lei rise, del tutto rilassata. «Non ho boccheggiato. Era un sospiro di soddisfazione.»

Lui annuì. «Mi avrebbe anche stupito. La resistenza di certo non ti manca.»

«Qual è il prossimo, Hinnerk?»

«Hai la scelta, nonna.» Madeline le mise davanti al naso due CD. «Ancora standard o latino? Sono entrambi programma attuale del gruppo di ballo.»

«Ho sempre trovato il latino molto più eccitante.» Si confaceva al suo temperamento e in più preferiva di gran lunga le musiche di Ravel e de Falla a quelle di Strauß e Gershwin.

Michael si sgranchì le ginocchia e poi eseguì due passi di tango. «E che ne diresti di questo?»

Lei annuì; anche Piazzolla era gradevole... tango, un buon compromesso. Sebbene appartenesse ai balli standard, era focoso come quelli latino-americani. Il suo respiro si fece corto al pensiero di strofinare la propria gamba contro la coscia di Michael.

«E tango sia!» Hinnerk inserì il CD.

Fu come un sogno. Friederike ballò la maggior parte del tempo a occhi chiusi; li aprì solo quando Michael la spinse in un movimento dal quale doveva ritrovare da sola la via per tornare da lui.

Poco prima della fine del pezzo, lui si fermò.

Sorpresa, aprì gli occhi. «Tutto benissimo! Tutto okay.»

«No!» La sua voce aveva un suono duro. «Per quanto tempo ballerai con me, finché tuo marito non ti reclama per sé?»

«È questo che pensi di me?» Parlò a fatica strozzando le parole, lottando contro le lacrime improvvise. «Credi davvero che mi approfitterei di te?»

«Eppure è questo che vuoi: poter ballare di nuovo con George, così il vostro matrimonio sarà come un tempo.»

Difficilmente poteva negarlo. Sarebbe stato mentire e lui lo avrebbe saputo. «George non si abbasserebbe mai a ballare in un gruppo di ballo. Lo tollera a denti stretti, perché il circolo possa formare nuove leve. Il Club di Danza Lietzensee non ha abbastanza da offrire per attirare affermati ballerini da sala.»

«E tu vuoi anche più del gruppo di ballo.»

Friederike scosse il capo. E questa era la verità – come lei la vedeva al momento. «Sono semplicemente contenta di potermi avventurare di nuovo sul parquet.» Lo guardò implorante. «Possiamo continuare a discuterne dopo?»

Lui sospirò e andò con lei verso Madeline e Hinnerk.

«Allora, adesso diamo un'occhiata al programma attuale di Ines. D'accordo?» Madeline guardò attraverso la porta l'orologio sopra il bar. «Abbiamo ancora una mezzora prima dell'inizio.»

«Ma non dovremmo ballare fino all'ultimo minuto...» Michael guardò interrogativo Friederike. «Dieci minuti di tango, dieci minuti di valzer lento.» Il suo sguardo divenne incerto. «In questo modo hai una breve pausa.»

«Non preoccuparti! Non me la prendo con te perché mi condanni a una pausa. Hai proprio ragione.» Rise quando lui alzò le mani in segno di scusa. «Una volta, in via eccezionale.»

E aveva veramente ragione. Dopo questi venti minuti era più che felice di sedersi e massaggiarsi la coscia.

«Mancanza di allenamento.» Si fece dare un'acqua minerale da Marga. «E Michael mi ha appeso di nascosto dieci chili di piombo alla gamba.»

Avevano smesso appena in tempo; poco dopo giunsero i primi partecipanti del gruppo di ballo. Salutarono Madeline con non celata sorpresa. Al fatto che Hinnerk sostituisse ogni tanto se mancava un cavaliere, erano abituati. Ma di Madeline era generalmente risaputo che con la *square dance* aveva trovato l'amore della sua vita. In tutti i sensi.

Poi la loro sorpresa fu ancora più grande, quando vennero a sapere che Friederike voleva ballare. E per tutto il tempo Marga stette dietro il bancone con un'espressione di disapprovazione.

Quando Ines Grube, l'istruttrice, chiamò per l'inizio, Friederike e Michael compilarono rapidamente le iscrizioni.

«Con questo ho venduto la mia anima.» Michael spostò il suo modulo verso Marga.

«Nella buona e nella cattiva sorte!» Per la prima volta quella sera il volto di Marga si contrasse in un sorriso.

Hinnerk restò seduto al bar, ma Madeline affiancò Friederike quando lei andò nella sala da ballo con Michael.

Sulla porta trattenne Friederike e le sussurrò all'orecchio: «Faresti meglio a telefonare al nonno e non aspettare che torni.»

«E perché mai?»

Madeline guardò indietro verso il bar. «Di sicuro vorresti che lo sapesse da te.»

Michael seguì il suo sguardo. «Aha!»

«Che significa 'Aha'?»

«La signora al bar ha probabilmente investito un paio di sentimenti di troppo.»

«È sposata!»

Michael alzò le spalle. «E cosa vuol dire!»

Ines sorrise nella loro direzione. «Stasera abbiamo una nuova coppia nel nostro gruppo. Spero che con noi si troveranno a proprio agio e rimarranno: Friederike Lagrange e Michael Hagwarth. Alcuni di voi conoscono già Friederike in quanto moglie del nostro presidente. Ma la maggior parte di voi è troppo giovane per averla vista come ballerina da sala.» Si avvicinò a Friederike e le strinse la mano. «*Welcome back* nel nostro mondo.»

«Grazie.» Friederike deglutì a fatica.

Ines rimase accanto a lei mentre dava le istruzioni per il primo ballo. Una nuova figura per il tango; ma solo di poco differente da quello che Friederike aveva provato poco prima con Michael. Fiduciosa, lo lasciò andare dall'altro lato della sala: i cavalieri dovevano esercitarsi prima da soli in quello che Ines mostrava loro.

Dall'altro lato di Friederike c'era Tanja Walters, che aveva conosciuto come una delle amiche di Madeline. In realtà Tanja era ballerina di *square dance*, ma frequentava il gruppo di ballo per amore di suo fratello minore Axel. Bisbigliò all'orecchio di Friederike: «Quella Ines è una femminista camuffata. Scoccia gli uomini finché il passo non è giusto. Perché noi donne riusciamo a farlo quasi al primo colpo se loro ci guidano correttamente.»

A Friederike cadde la mandibola.

«Psst, non dirlo a nessuno.»

Effettivamente, Ines in seguito fece eseguire alle donne i loro passi solamente due volte da sole, prima di farli ballare insieme. O il metodo di Ines era efficace o Michael era un ballerino ancor più dotato di quanto aveva presagito.

Dopo il tango ci fu un valzer lento, ma la gamba le faceva già male. Tuttavia non voleva porre fine al divertimento e iniziò il ballo stringendo i denti. Ma dopo tre passi Michael la tirò in disparte. Il suo sguardo era un rimprovero unico.

«Non voglio ancora smettere!» Lo guardò supplichevole. «Per favore!»

«D'accordo. – Se ora ti concedi dieci minuti di pausa.» Le mise un braccio attorno alle spalle e annuì a Ines.

Aprì piano la porta e la guidò verso il bar.

Madeline tese a Friederike il suo cellulare. «So che non lo usi nel tempo libero. L'otto.»

Per un attimo questo la distrasse dalla sua frustrazione nei confronti di Michael. «Hai una scelta rapida per il numero di George?»

Madeline alzò le spalle. «Sono pur sempre socia del circolo.» Mosse la testa di due centimetri in direzione di Marga, che stava china davanti al frigorifero e collocava delle bottiglie nello scomparto più in basso. Probabilmente significava che era urgente chiamare George.

Friederike non voleva ancora crederci. Marga aveva fama di essere servizievole e premurosa. Ovvero, senza di lei la vita quotidiana del circolo sarebbe andata liscia solo la metà. Ad ogni modo, poco prima era stato palese che lei si fosse sentita in dovere di immischiarsi.

Michael le mise davanti al naso una bottiglietta di Prosecco. «Questo o preferisci l'acqua?»

«Acqua; ho sete.»

Madeline prese possesso del Prosecco e si piegò sul bancone per prendere un bicchiere. «Marga, puoi passare qui un'acqua frizzante per la nonn... per Friederike?» Fece un sorrisetto a Friederike. «Non sei abbastanza vecchia per avere questo titolo in pubblico.»

Michael rise di cuore. «Parole sante!»

Marga le portò l'acqua. Lei bevve, mentre ascoltava il segnale di libero del cellulare. Poi partì la segreteria telefonica. «George non è al momento raggiungibile.» Dunque non c'era neanche il pericolo che Marga lo rintracciasse.

Scivolò giù dallo sgabello e mosse come prova la gamba sinistra di lato e all'indietro. Poteva continuare. «Tutto benissimo!» Quante volte di fatto lo aveva già detto quella sera? Prese Michael a braccetto.

«La prossima volta che fai pausa, devi fare a meno di me», disse Madeline. «Devo lasciarti il cellulare qui al bar?»

«Friederike può usare il mio.» Michael lanciò un'occhiata a Marga. «Se è davvero così urgente.»

Nel frattempo Ines era giunta allo slow fox. Dopo un ballo, si fece sentire un·dolore lancinante alla coscia, ma riuscì a rimanere rilassata accanto a Michael, cosicché lui non si accorse di nulla. Eseguì con lui la successiva sequenza di passi; era tutto così familiare. Se solo la sua gamba avesse resistito, non sarebbe stato affatto un problema tornare a ballare. – Esercizio; aveva bisogno di un paio di mesi di esercizio, di modo che i muscoli si rafforzassero di nuovo.

Poi Ines andò allo stereo e spense la musica.

Lei fermò Michael. «Questo ora vorrei saltarlo.»

Lui annuì. «Avrei dovuto sapere che posso fidarmi di te.»

Questa volta scambiò un paio di parole con Ines, prima di lasciare la sala con lei.

Intanto Hinnerk non sedeva più al bar; ovviamente neanche Madeline. La porta della sala grande adesso era chiusa; ne proveniva attutita della musica country.

«Acqua?»

Friederike scosse il capo.

«Cellulare?»

Esitò. In effetti a George sarebbe proprio dovuto sembrare bizzarro, se ora avesse chiamato direttamente dal circolo. Così, senza alcun motivo urgente.

Michael coinvolse Marga in un discorso, chiedendole del suo lavoro e poi dei gruppi che al momento si trovavano al circolo. Ovviamente lei cedette al suo fascino nel giro di cinque minuti. Friederike l'aveva già saputo nel momento in cui aveva reagito alla battuta stupida di Michael con una sciocchezza. Addirittura più volte scoppiò a ridere forte.

Marga assorbiva come una spugna ogni parola di apprezzamento. Improvvisamente Friederike credette al sospetto di Michael che Marga si fosse invaghita un po' – o anche qualcosa di più – di George. George sapeva rigirarsi le persone a suo piacimento esattamente come Michael. Per questo era già da così tanti anni presidente indiscusso e fiore all'occhiello del Club di Danza Lietzensee. Naturalmente anche perché non era assolutamente un impegno che tutti volevano prendersi. Chi era pronto come George a essere presente quasi giorno e notte per il circolo? Oltre a Marga?

Marga era impegnata tanto quanto George: o almeno così si percepiva da quello che lei raccontava a Michael. Si addiceva anche ai commenti su di lei che aveva colto occasionalmente.

Dunque meglio chiamare subito George. Forse Marga era solita fargli un resoconto alla fine della serata. E se allora le fosse scappata una parola sulla sua presenza...

Friederike tese la mano verso Michael. «Il cellulare, per favore.»

Lui lo pescò dalla tasca dei pantaloni e glielo porse, mentre continuava il discorso con Marga. E poi si appoggiò perfino sul bancone: manovra diversiva. Lei doveva poter telefonare senza che "qualcuna" origliasse.

Tuttavia si allontanò di un paio di passi dal bar prima di comporre il numero di cellulare di George.

Questa volta rispose immediatamente dopo il primo squillo. In sottofondo c'era un televisore; quindi la seduta era terminata.

«Buonasera, George!»

«Rieke! Ma che bello che telefoni. La seduta è terminata da cinque minuti e mi sono appena aperto del vino del minibar.»

Lei tese l'orecchio ai rumori di fondo: niente voci. Non sarebbe stato distratto. Al massimo dal televisore.

«Un attimo.» L'apparecchio televisivo ammutolì. Poi iniziò a raccontare della seduta; nel suo entusiasmo, le rovesciò addosso un torrente di parole. Se adesso non lo interrompeva, non sarebbe più tornata a ballare.

Tenne in alto il cellulare per catturare qualcosa della musica da ballo che risuonava piano verso il bar attraverso le porte imbottite delle sale.

Allora lui si arrestò; un rumore rivelò che cambiava posizione. «Dove sei, Rieke?»

«Non lo indovineresti mai.» Gli fece sentire il proprio sorriso.

«Al circolo? Hai portato Madeline al suo gruppo?»

«Al circolo; giusto. Ma all'incontrario: Madeline mi ha portato al mio gruppo.»

Lentamente arrivò lo stupore nella voce di George. «Il tuo gruppo.» Si schiarì la voce. «Gruppo di ballo. Fai davvero sul serio, Rieke?»

«Non me ne credevi capace?»

«Ti credo capace di tutto, *chérie*.» Cambiò ancora posizione; la sua voce perse qualcosa del suo tono caldo. «Rieke, non renderti infelice. Dopo non potrai camminare di nuovo per settimane.»

«Io ballo, non cammino. Apprezzo la tua preoccupazione; lo sai. Ma smettila di tenermi nella bambagia. Non mi giova.»

«Rieke!» Cosa significava? Non sembrava rallegrarsi. Suonava quasi come se non approvasse. «E con chi balli?»

«Michael Hagwarth della sezione di storia medievale.»
«Chi?»

«Il mio collega del progetto 'Danza'.»

«Ma allora hai avuto fortuna.» Però non suonava così. Piuttosto, come fosse risentito che lei avesse trovato qualcuno pronto a ballare con lei.

«Sta aspettando.» Finì velocemente la conversazione chied-endogli quando sarebbe tornato a casa.

Quando chiuse il cellulare e si voltò, incrociò lo sguardo di Marga. Forse era stata davvero una buona mossa telefonargli prima che Marga gli raccontasse che era stata a ballare.

Odiava questo. C'erano abbastanza intrighi in facoltà non doveva averli anche qui. Questa era stata principalmente la ragione per cui si era tenuta ben lontana dal Club di Danza; non il rimpianto per la perduta carriera nel ballo.

Ines finì la serata con un cha cha cha e Friederike era abbastanza risanata da lasciarsi condurre ancora una volta da Michael sul parquet.

Quando in seguito arrivò a casa, zoppicava e dovette reggersi alla ringhiera per salire la scala. Ma per niente al mondo avrebbe preso l'ascensore. Per fortuna che George era a Rügen.

4

Il mattino successivo Friederike si trascinava per la casa con le gambe doloranti: dolori muscolari. Certo anche la sua coscia si faceva sentire in modo parecchio sgradevole, però prevalevano i dolori muscolari: la rendeva proprio felice, era davvero un po' come ai vecchi tempi.

Preparò un bagno caldo, prese il caffè e l'ebook reader e si mise comoda nella vasca per tutta la mattinata. Dopodiché stava meglio, ma di sicuro avrebbe avuto bisogno dei due giorni successivi per scacciare del tutto i dolori muscolari. Con la speranza che lunedì Michael si trascinasse in giro esattamente come lei.

George tornò solo a tarda sera. Dopo un'altra doccia calda, si era seduta con un bicchiere di vino davanti al film in seconda serata. La osservò ancora una volta con occhi di Argo, quando lei si alzò per prendere la bottiglia di vino in cucina.

Versò e gli porse il bicchiere. «Ho i dolori muscolari come ai vecchi tempi.»

«Probabilmente significa che come ai vecchi tempi hai preteso troppo da te stessa.» Come se non l'avesse sempre spronata lui. Ma a differenza di allora, il suo sguardo adesso esprimeva disapprovazione, non riconoscimento per i suoi sforzi.

Si sedette accanto a lui sul divano e sollevò le gambe. «Non sapevo che c'erano ancora un paio di muscoli in più che avrei dovuto allenare nelle ultime settimane. Ho pensato solo alla coscia.»

George vi posò sopra la propria mano; poi sull'altra coscia e di nuovo sulla sinistra. «Mi pare che sia un po' calda.»

«Non abbastanza calda.» Gli spostò la mano un pochino più in su e si strinse di più contro di lui. «Da te ho bisogno di attenzioni, non di preoccupazioni.» Gli sbottonò la camicia e posò la mano sul suo petto nudo. «Anche qui è caldo. Sei stato via quasi due giorni.»

«E ora devo recuperare qualcosa.» Rise rauco. «Credi che possa fare ammenda?»

«Forse, se cominci subito...»

«Ma saresti potuta venire con me. Lasciarmi da solo in un letto freddo per due notti; non è stato carino da parte tua.»

«Allora ho anch'io qualcosa per cui fare ammenda.» Gli mordicchiò il collo. «Occhio per occhio?»

Le scostò la vestaglia dalla spalla. «Morso per morso...» E così per quella sera la conversazione era finita.

Era quasi l'unica cosa che non era cambiata in tutti quegli anni di matrimonio: George era un formidabile amatore, seppure insaziabile. Talvolta si domandava se sarebbe rimasto con lei, se l'incidente avesse portato via loro anche quello. Tuttavia non aveva motivo di dubitare della sua fedeltà. Non si era nemmeno cercato una nuova compagna di ballo, nonostante lei lo avesse espressamente incoraggiato a farlo. E del resto, una come Marga non era alla sua altezza. Ammesso che quella donna ballasse?

A colazione George le riferì, dilungandosi all'infinito, dei preparativi per la gara a Rügen. Era convinto che almeno una delle due coppie del Club di Danza Lietzensee aveva buone possibilità di arrivare ai primi posti. «Anche Melanie Sturmann ne avrebbe avuta una. Ma ora ha cambiato due volte il compagno nel giro di poco. Così non andrà mai bene.» Scoperchiò il suo uovo. «So bene perché allora non ci ho nemmeno provato.»

«Si può praticare il ballo come sport, anche senza gare. Equilibrio per il corpo. Bruciare l'adrenalina in eccesso.»

«Non è lo stesso.» George fece una smorfia; adesso stava per abbassare sprezzante gli angoli della bocca. «Non soffro di adrenalina in eccesso.» Lei evitò di contraddirlo.

«L'ambizione non è tutto.» A volte aveva odiato la sua ambizione. Ancora mezzora di allenamento e poi ancora mezzora e poi... Fin troppe volte era tornata a casa guidando fin troppo stanca. La colpa dell'incidente era stata dell'altro guidatore; ma se lei non fosse stata così stanca, avrebbe potuto reagire più velocemente e poi, chissà...

D'un tratto George era accanto a lei e la prese sotto il mento. «Torna indietro, Rieke.» Sorrideva, ma nei suoi occhi c'era preoccupazione. Temeva sempre che lei potesse affaticarsi troppo. «Venerdì prossimo andrai di nuovo al gruppo di ballo?»

Perché lo chiedeva? Per caso non voleva mica... «Il piano è questo.» Michael aveva la sua parola; di certo lei l'avrebbe mantenuta. «Ci siamo subito iscritti entrambi al circolo.» Lasciò che i propri occhi prendessero parte al sorriso. «Prima che mi sorga il dubbio.»

«O al tuo compagno di ballo.»

«Oh lui... lui probabilmente dubiterà ancora spesso. Della saggezza della sua scelta.» A dire il vero, non credeva a quello che stava dicendo. Michael non era così. «Deve avere un mucchio di riguardi – fare compromessi, prima che io arrivi al punto di poter ballare per un'intera sera.»

«Sii prudente, Rieke.»

«La sono. Questo è divertimento; vero tempo libero senza scopo e senza intento.»

George alzò le sopracciglia.

«A parte ovviamente l'intento di godersi il ballo – finalmente fluttuare di nuovo.» Gli sorrise. «Fa lo stesso fin dove arrivo. In fondo, alla mia età...»

«Alla nostra età, *chérie*! Neanch'io sono ringiovanito nel frattempo. E allora certe cose si dovrebbero lasciare ai veri giovani.»

«Perché hai chiesto se venerdì vado di nuovo al gruppo di ballo?»

Lui le accarezzò i capelli. Quanto odiava questo gesto. «Perché è meglio che io rimanga a casa, allora. Cosa sembrerebbe se stessi lì appresso? Come se sorvegliassi mia moglie.»

«Dove tuttavia dovevi già vigilare su Madeline.»

«Ed è immancabilmente andata male.»

«Vuoi dire che non è stato un successo.»

«No, voglio dire 'andata male'. Vedrai, finirà in una grande tragedia. Tua nipote non conosce misura; sa solo drammatizzare.»

«Chris è un brav'uomo.»

«Tanto peggio. Quando lei sarà nel fiore degli anni, lui andrà in pensione.»

Questo era ancora una volta tipico suo; non sapeva incassare una sconfitta. Ma come avevano fatto a sopravvivere ai comuni fallimenti?

Si trattenne dall'osservare che la differenza d'età tra loro due era in pratica altrettanto grande di quella tra Chris e Madeline.

5

Malgrado i bagni caldi e i massaggi di George, lunedì i dolori muscolari di Friederike erano in piena fioritura. Quando si trascinò su per la scala verso il proprio ufficio in facoltà, per primo la incontrò Thomas Immenfels, il preside di facoltà: la fermò preoccupatissimo e chiese se le fosse successo qualcosa alla gamba. Poi Roberta salì la scala dietro di lei e si fermò scioccata. Dopodiché Friederike decise che non si sarebbe più mossa dal suo ufficio fino al momento di staccare.

Verso la fine della mattinata, Michael venne nel suo ufficio ballonzolando – letteralmente.

«Ti sei ripresa, Rieke?» Le diede un bacino sulla guancia. «Da quello che ho sentito nel corso della mattina...» Rise; dunque non prendeva sul serio la faccenda.

«Ho di quei dolori muscolari – evidentemente i miei muscoli hanno giurato di vendicare i sedici anni in cui li ho trascurati.» Scrollò le spalle.

«E la tua gamba? Tutto benissimo?»

«Tutto benissimo.»

Si guardarono ridendo per la battuta: la loro nuova *running gag*.

«Tu invece – da quel che vedo ora, nelle ultime settimane ti sei esercitato di nascosto. Ci ho già pensato quando venerdì ho constatato quanto balli bene.»

«Non potevo mica deluderti... Dopo che mi hai raccontato del tuo ballo di carnevale con quegli occhi raggianti.» Spostò da parte una pila di carte e si sedette accanto a lei sulla scrivania. «E poi ti conosco; non lo sai?»

«Ma certo!» Ma allora Michael non doveva anche creder-
le, che al gruppo di ballo non lo avrebbe rimpiazzato con
George?

«Perché ho saputo che non vuoi fare i primi passi con il
tuo renitente marito...»

«Lui è davvero un po'...» Cominciò a smistare nervosamente le carte che Michael aveva ammucchiato. «Si preoccupa
continuamente; ovvio. Però pensavo proprio che se ne sarebbe rallegrato di più.»

«Allora probabilmente è un bene che tu l'abbia chiamato
subito.»

Annuì. «Ha chiesto se venerdì prossimo andremo ancora
al gruppo di ballo.»

«Evidentemente non è per nulla entusiasta.»

«Pensi la stessa cosa che ho pensato io. Ma il motivo è
tutt'altro: vuole evitare di apparire quando ci sono io. Nor-
malmente trascorre ogni venerdì sera al circolo.» Ridacchiò.
«George è sempre pieno di sorprese.»

«Insomma. Ma non sono venuto per questo. E neanche
perché qualcuno qui si preoccupa.» Michael scese dalla scrivania e aprì la propria cartella. «Ma perché qualcuno sembra essere invidioso.» Le mise davanti al naso un sottile raccoglitore.
«Tu non ne hai una copia, non è vero?»

«Cos'è?» Afferrò il raccoglitore e lo aprì. Era una *"call for
papers"* della *Oxford University, Faculty of Music*: la facoltà
di musica della veneranda università inglese programmava un
convegno per l'autunno e invitava alla presentazione di temi.

«Perché io non ce l'ho? Come l'hai avuto?»

«Per caso. Tom mi ha chiesto della tua andatura zoppa e
domandato se fosse la ragione per cui non aveva ancora ricevuto da te nessuna proposta.» Brontolò. «Ovviamente ero sicuro che me ne avresti parlato. Così non mi sono fatto scrupoli ad affermare che non ne sapevi nulla.»

Lei iniziò a leggere con più attenzione la *call for papers*. «Mamma mia! Ma il termine di consegna è vicinissimo.»

«Perciò Tom ha chiesto. Da Carlsen ha ricevuto la proposta una settimana fa; e siccome adesso si deve decidere di chi accollarsi le spese di viaggio...»

«Carlsen!» Quell'uomo era più in viaggio che ai suoi corsi.

«Qui c'è dietro la segretaria di Tom.»

Lo fissò scioccata.

«Karin ha reagito in modo strano, quando lui le ha chiesto di farne ancora una copia per te. E quando le ha chiesto quando ti aveva spedito la prima, non ha ricevuto risposta.»

«Ha una storia con quel Carlsen.»

«Per questo arriva al punto di defraudarti della tua posta?» Adesso era Michael che sembrava scioccato. «Carlsen è sposato!»

Friederike bolliva di rabbia; ma si controllava abbastanza bene da apparire impassibile all'esterno. «Lo sai anche tu che importanza hanno le conferenze di Oxford.»

«Questo può costarle il lavoro.»

«Di cui non ha più bisogno, se lui la sposa.»

Lui rise sprezzante. «Quel Carlsen non divorzia per nessuna. Più di una ci ha già provato.»

«Oh, voi uomini! Sapete questo l'uno dell'altro e ci lasciate all'oscuro?»

«Le solite... chiacchiere tra uomini. Con cui uno si pavoneggia dopo un week-end, appunto.»

Si risedette sulla scrivania di lei. «Hai bisogno del mio aiuto per avere pronta la proposta in tempo?»

Lei continuò a sfogliare la *call*, lesse più attentamente alcuni singoli paragrafi. «Scrivimi una pagina sulla tua parte del nostro progetto. Per venerdì.»

«E già ci costa il gruppo di ballo.»

«Ma no. Sciocco! Mi dai la tua pagina nel pomeriggio e dopo il corso andiamo al bar e ne discutiamo. E se affatico solo la gamba e non la testa, durante il week-end sono in grado di finire tutto.» Sogghignò. «È proprio come ai vecchi tempi: incastrare gli appuntamenti del ballo in mezzo al lavoro... No, il contrario: incastrare il lavoro in mezzo agli appuntamenti del ballo.»

«Dev'essere stata davvero dura a volte.»

«Però non è mai andato a discapito del ballo.» Gli sorrise. «E non sarà così nemmeno adesso.»

Ma Michael non ricambiò il suo sorriso. «All'epoca non avevi ancora la tua cattedra.»

«No.» Lui continuò a guardarla; si aspettava qualcosa di più. «E senza l'incidente probabilmente non l'avrei nemmeno mai ottenuta.» Nei primi interminabili mesi, quando poteva a malapena muoversi, non aveva avuto nient'altro che libri per ammazzare il tempo. E tutte quelle riviste scientifiche che George le aveva portato quasi ogni giorno l'avevano aiutata a specializzarsi. Abbastanza da fare domanda per una cattedra non appena poté muoversi sulla sedia a rotelle. All'epoca si era fatta degli amici alla facoltà: persone che la ammiravano per la sua tenacia. E un paio di nemici come quel Carlsen, che pensava che lei, grazie al diritto al lavoro dei disabili, si fosse accaparrata il posto che era spettato a lui. E quando lei poi guarì sempre di più... Il giorno che per la prima volta era venuta in facoltà sulle proprie gambe, l'aveva guardata come se avesse avuto davvero voglia di buttarla giù dalle scale.

E ora la segretaria di Tom aveva cercato di tagliarla fuori. Per come conosceva Carlsen, lui aveva già inviato il suo *paper* convinto di essere l'unico ora a presentare una richiesta di rimborso per le spese di viaggio. Ma il loro *paper* sarebbe stato il migliore – Tom aveva avuto un buon motivo per chiedere a Michael: voleva che il loro progetto rappresentasse il lavoro attuale del dipartimento. Carlsen sarebbe andato a Oxford di tasca propria o avrebbe dovuto rinunciare.

Dopo che Michael se ne fu andato, si mise al lavoro. Per prima cosa abbozzò una scaletta per la propria relazione; poi telefonò nell'ufficio di Tom per discutere la proposta con lui. Non aveva tempo per una seconda stesura: già la prima bozza doveva confarsi alle sue idee, di modo che lui potesse appoggiare senza se e senza ma la loro richiesta di rimborso per le spese di viaggio in consiglio di facoltà.

Con sua sorpresa, nella segreteria di Tom rispose una voce sconosciuta per passare la chiamata. Tom poi le spiegò senza preamboli che la sua segretaria era sospesa dal servizio.

Friederike deglutì. Karin era una ragazza gentile. Non meritava affatto di perdere il lavoro a causa di quella faccenda spiacevole. Ma non disse nulla a riguardo; non era la guardiana degli altri.

Invece chiese a Tom un'opinione sul suo intervento programmato. Lui la sorprese subito ancora una volta, perché propose di dare maggior rilievo alla parte di progetto di Michael e portarlo con lei a Oxford. A spese della facoltà, naturalmente.

Ovviamente lei acconsentì. Per Michael era un'opportunità grandiosa di farsi un nome. E invece sì che era la guardiana degli altri. A volte.

In seguito penò molto a mettere gentilmente Michael di fronte alla probabilità che forse avrebbero proprio dovuto saltare il gruppo di ballo, perché il contributo di lui doveva diventare più dettagliato del previsto.

«Turno di notte», fu il commento di Michael. «Possiamo fare entrambe le cose.»

Si trattenne dal dirgli qualcosa sulle priorità e le scelte di vita. Era adulto. Se ci rifletteva bene, a volte le veniva addirittura in mente che era più anziano di lei.

***

«Turno di notte!» Giovedì mattina Michael venne nel suo ufficio con gli occhi arrossati dalla stanchezza. Non solo aveva redatto la sua parte per il *paper*, aveva anche raggruppato e caricato nel suo Dropbox degli esempi di musica a cui si collegava nel manoscritto.

Giovedì sera andò a casa di Friederike e, dopo la cena a tre, lasciarono George alle sue cronache calcistiche e si sedettero nello studio di lei a lavorare alla stesura finale per Tom. Ancora turno di notte.

Ma venerdì sera andarono al gruppo di ballo.

Una settimana dopo, il consiglio di facoltà approvò le spese di viaggio per loro due. Carlsen schiumava e Karin aveva una nota nel suo fascicolo personale che poteva portare a un licenziamento all'infrazione successiva.

Carlsen aveva effettivamente già consegnato il suo *paper*. Tuttavia non lo ritirò, ma era evidentemente pronto a partecipare a proprie spese.

6

Per cinque mesi Friederike andò regolarmente al gruppo di ballo con Michael. Il primo venerdì che mancarono fu il giorno in cui volarono alla conferenza di Oxford.

Il penultimo giorno della settimana di conferenza, il sindaco di Oxford diede un ricevimento e un ballo. Dapprima Friederike ballò solo con Michael e declinò gli inviti degli altri. Ma presto fece una strana impressione perfino a lei. Alla fine ignorò addirittura i segnali d'allarme della propria coscia e tralasciò solo pochi balli.

Anche quella sera, come tutta la settimana, la BBC era presente con una squadra. Ora però non erano dei giornalisti scientifici a produrre il servizio, ma la redazione locale. Di lì a qualche settimana erano fissate le elezioni del consiglio comunale e il sindaco cercava la luce dei riflettori.

Eppure, la star segreta della serata era Friederike. Lo scoprì solo allorché una telecamera la tenne assiduamente nel mirino dopo che ebbe ballato col sindaco.

«A me! Proprio.» Tuttavia questo la divertiva più di quanto la seccasse.

Michael girava la testa da tutte le parti, come dovesse studiare gli ospiti. «Non c'è nessuna qui che sarebbe un soggetto più attraente. Inoltre, a parte i *significant others*, in ogni caso quasi non ci sono dame tra i partecipanti alla conferenza.» Ghignò. «La prerogativa di interpretazione sulla storia è sempre saldamente in mano agli uomini.»

«Solo che non vi serve più a molto.»

«Da quando abbiamo tra noi dei traditori come il brillante Monsieur Duby. Ma ha tradito anche voi femministe.»

Lei rise. «Io sono una femminista?»

«Ma certo. Altrimenti non saresti diventata professoressa. Come le altre donne della facoltà avresti ceduto impressionata alla forza dello spirito maschile.»

«Sei fortunato che io non sia una traditrice. Se le tue studentesse sapessero cos'hai appena detto.»

Michael guardò verso l'operatore che stava solo a pochi passi di distanza. Abbassò la voce. «Pensi che abbia ripreso il nostro discorso?»

Lei si voltò. In effetti sembrava che lui l'avesse ancora nel mirino. «Se anche fosse. E poi è solo la televisione locale. Comunque i redattori non capiscono il tedesco. Se nemmeno quelli della 'scienza' sanno le lingue straniere.»

«Che non mettano il servizio su internet.»

«Basta che al tuo seminario tu non dia compiti per cui loro potrebbero condurre la ricerca su questa pista.»

«In altre parole: devo nascondere la fiaccola sotto il moggio. Erano questi i consigli con cui hai tagliato fuori i tuoi rivali?»

Friederike rise. «Posso fare ancora molto meglio.»

«Questo preferirei non saperlo in modo così preciso, adesso. Piuttosto balla ancora una volta con me, se puoi.»

«Posso.» E se l'indomani si fosse dovuta far portare fin dentro l'aereo: questa era la sua prima serata di ballo fuori dal circolo. Se la sarebbe goduta fino all'ultimo minuto.

Però era stanca. Come tutte le conferenze, anche questa l'aveva portata fin sull'orlo dell'esaurimento. Parlare troppo, dormire troppo poco. Troppo cibo, troppo poco caffè.

Posò la testa sulla spalla di Michael e si lasciò trasportare dalla musica. Blues o rumba; a lei adesso non importava. Non ebbe neanche nulla da obiettare quando poco dopo lui le mise le braccia attorno al collo e la strinse di più a sé.

«Sei una compagna fantastica, Friederike», le sussurrò all'orecchio. La sua bocca poteva essere solo a pochi millimetri dal collo di lei. Improvvisamente la sua affermazione le parve ambigua. Come se non si riferisse alla loro collaborazione. O non solo.

Non osò chiedere spiegazioni; non voleva rovinare l'incanto della serata. Ma forse era sbagliato. Forse ora avrebbe dovuto fare proprio quello. Sbuffò e il pollice sulla sua nuca la accarezzò.

«È troppo stancante per te?»

«Voglio continuare a ballare, ancora e ancora...»

Erano le due di notte quando gli augurò la buonanotte davanti alla porta della propria camera d'albergo.

Con un improvviso senso di colpa le venne in mente che non aveva telefonato a George. Ma ora era troppo tardi e la sera seguente sarebbe stata comunque di nuovo a casa. Per placare la propria coscienza, gli mandò un messaggio prima di spegnere la luce.

7

George la andò a prendere in aeroporto. «Quanto sei stanca?», chiese dopo che lei si fu congedata da Michael.

«Come ogni volta.» Represse uno sbadiglio. «Stamattina sono andata a letto soltanto alle due e alle sei e mezza dovevo andare a far colazione.»

Lui rise. «Lo so! Ho visto il tuo messaggio.»

«Oh?» Nel frattempo lo aveva completamente dimenticato. «Per caso ti ho svegliato?»

«Ma no. Mi sono agitato insonne e consumato dalla brama di te.»

Aggrottò per un momento la fronte. E questa che razza di battuta era? «In fondo oggigiorno ci si potrebbe risparmiare queste conferenze. Tanto c'è tutto su internet; e si può discutere anche via Skype.»

«Però le carriere funzionano ancora come nell'età della pietra: tramite contatti personali e favori reciproci.»

«Giusto.» Raccontò orgogliosa della relazione ben riuscita di Michael e degli inviti che lui aveva ricevuto in seguito. D'un tratto era di nuovo bella sveglia.

«Ci tieni molto a lui!» Sembrava quasi disapprovare.

Lo guardò stupita. «È la mente più acuta che io abbia avuto come collega da molto tempo. E per giunta affidabile. Cosa che spesso non si può dire proprio dei più intelligenti.»

«E balla con te!» Ora disapprovava inequivocabilmente.

Lei alzò le spalle. «Forse è felice di aver trovato una compagna che sia così poco stancante.» Sperava di averlo detto in modo abbastanza neutro affinché lui non si sentisse criticato. Ma anche senza che lei lo dicesse, lui ovviamente sapeva che lo aveva chiesto a Michael perché George non sarebbe mai andato con lei al gruppo di ballo come un misero principiante. «Perché hai chiesto quanto sono stanca?»

«Potremmo ancora fare un salto da Bruno.»

«Mi piacerebbe, sì.» Ridacchiò. «All'occorrenza posso dormire sul divano finché non decidete di concludere il pomeriggio.» Sarebbe stata un'indubbia distrazione da questo argomento delicato.

Evidentemente George era stato sicuro che sarebbero andati da Bruno. Konstanze, la loro incantevole nuora, e Chris erano in cucina in mezzo a preparazioni di piatti come per un party: dessert e *hors d'oeuvres* sul piano di lavoro accanto al frigorifero, arrosto e *gratin dauphinois* nel forno, una grande pentola di ratatouille sul fornello e tre diverse insalate sul tavolo.

George guardò Chris con aperta antipatia. «Dov'è Madeline?»

«Sgobba sui libri.» Chris prese sul braccio tre *hors d'oeuvres* come un cameriere esperto e aprì la porta della cucina spingendola col piede.

Konstanze tese a George due insalatiere. «Portale in sala da pranzo per favore, va bene?»

Lui guardò verso Friederike. «Ecco, in realtà...»

Konstanze si avvicinò ancora di più con le insalatiere e gliele mise direttamente sotto il naso. «Tu ce l'hai per il resto della serata. Ora è il momento delle ragazze.»

Lui brontolò e uscì con le insalatiere.

Konstanze versò un caffè e lo porse a Friederike. «Siediti! Sarai sicuramente stanca!»

Fecero aspettare gli uomini finché l'arrosto fu pronto, mentre Friederike raccontava. Konstanze rise malignamente quando lei le riferì degli sforzi di Carlsen per far colpo. Ma quando poi parlò della relazione di Michael e dell'approvazione che aveva riscosso, Konstanze corrugò la fronte e i suoi occhi assunsero un'espressione preoccupata. «Che tipo è, questo Michael?»

Friederike rise piano. «Lo chiedi esattamente come George!»

Konstanze afferrò i guanti da forno. «George si preoccupa di uno dei tuoi colleghi? Non l'avrei creduto capace.»

«Probabilmente perché lui è anche il mio compagno di ballo.»

Konstanze mollò la maniglia dello sportello del forno e si voltò verso di lei. «È lui?» Sibilò tra i denti; Friederike non sapeva che ne fosse capace. «Vi ho visti in televisione.»

«Tu hai cosa?» Spalancò gli occhi, scioccata.

«Un servizio nella rubrica scientifica stamattina.» Konstanze tornò a voltarsi verso il forno. «Hai ballato.» Suonò casuale, ma le sue spalle tese rivelavano che ci vedeva un problema. Tirò fuori prudentemente l'arrosto e appoggiò la pentola sul tavolo.

«E ora cosa ti fa pensare che era proprio Michael quello con cui mi hanno mostrato?» Ma di sicuro nella trasmissione finita era stato montato piuttosto il suo ballo con il sindaco.

«Anche George ha visto il servizio. *He was not amused.*» Konstanze adagiò l'arrosto su un piatto di portata e versò la salsa in un pentolino che mise sul fornello ad addensare. «Ma era uno spettacolo!»

Per questo George era stato così strano prima? «Per chi mi prendi?» Friederike stessa non era convinta dell'indignazione che mise nella propria voce.

Konstanze lanciò un'occhiata di sbieco verso di lei, mentre con apparente concentrazione mescolava la panna alla salsa. «Per una che ha assaporato l'essere trattata come una donna desiderabile. Già da tempo George non lo fa più come in realtà dovrebbe.»

«Ma Konstanze! Ma lui mi ama!»

«Allora!», risuonò improvvisamente la voce burbera di George dalla porta.

Friederike si voltò di scatto sgomenta.

Konstanze smise di mescolare. «Non è vero? Quindi non ami più Friederike?»

Gli occhi di George erano fessure adirate. «Voi non avete parlato di me.»

«Invece sì!» Konstanze sembrava in collera.

«Non solo.» Friederike gli sorrise teneramente. «Ho raccontato di Oxford.»

«Appunto!»

Lei mantenne strenuamente il sorriso. «Konstanze ha detto che la rubrica scientifica ha trasmesso un ampio servizio. Anche tu lo hai visto, ha detto.» Konstanze aveva finito con la salsa; Friederike si alzò e prese il piatto con l'arrosto. «Di questo non mi hai detto proprio nulla.»

«E perché? Tu eri là.» La sua voce era ancora burbera.

Lei aprì la porta spingendola con il gomito. «Ma a me interessa che abbiano trasmesso un servizio sulla conferenza. Che la ritengano abbastanza importante...»

Lo lasciò lì e andò in salotto. George era furioso. Ma come poteva? Se solo lei avesse saputo cosa esattamente era stato mostrato del ballo.

Chris le prese l'arrosto. «Vado a chiamare Madeline.»

Bruno guardò verso di lei con le sopracciglia alzate. «Che succede, mamma?»

«Niente.» Rise nervosamente. Lui non le credette. Non si sarebbe stupita se George avesse parlato con lui della trasmissione. Allora Bruno aveva certamente notato che George era... sì, un po'... geloso? E alla loro età. Ridicolo.

Per il momento la salvò Madeline. Si precipitò verso di lei e la fece girare vorticosamente. «Nonna, ho sentito che avete avuto un successo straordinario.» Lanciò a Chris uno sguardo cospiratore. «Finalmente qualcuno si interessa alle danze antiche.»

Chris scoppiò a ridere. «Madeline si è messa in testa di far ballare la quadriglia alla nostra compagnia di *square dance*.»

Madeline si voltò verso di lui e piantò le mani sui fianchi. «E perché no? Così avremmo una marcia in più rispetto agli altri gruppi di *square dance*. La nonna può insegnarcela; ha fatto ricerca abbastanza a lungo.»

«Sì, mi piacerebbe. Potremmo noleggiare i costumi antichi dal materiale di scena dell'opera.»

Chris sbuffò, ma le rughe di espressione attorno ai suoi occhi lo tradirono: non faceva sul serio. «Così quando il circolo non avrà più bisogno di me, George avrà finalmente un vero motivo per buttarmi fuori.»

«Mai.» Madeline allungò la mano verso di lui. «Non oserà un'altra volta. Sa che allora ce ne andremmo tutti.» Lo baciò con disinvoltura, prima sulla guancia, poi sulla bocca e rese il bacio più profondo, finché lui la circondò con le braccia.

George uscì dalla cucina, con in mano la pentola della ratatouille, e Konstanze seguiva con il *gratin dauphinois*. Per un attimo nella stanza regnò un silenzio imbarazzante. Poi Bruno ruppe il ghiaccio chiedendo a chi doveva versare del Tressallier che aveva aperto per gli *hors d'oeuvres*.

Madeline domandò della gara di latino a Brema e George dimenticò al volo tutto il resto. Con orgoglio, riferì di come la formazione del circolo avesse lottato per arrivare in testa. «E il prossimo anno la faremo andare ai campionati del mondo.»

«E chi paga, papà?» Bruno sembrava non aver capito che la domanda di Madeline era stata una manovra diversiva. Alla ragazza non interessava proprio un tubo della formazione.

George si stirò un po'. «Il circolo ha sempre superato tutte le sfide finanziarie. Per l'appunto facciamo di nuovo una giornata a porte aperte e organizziamo una lotteria.» Guardava proprio come fosse colui che organizzava un simile evento. «L'ultima è stata un successo strepitoso.»

«Bene, nonno! Rifacciamo una giornata a porte aperte. Ha divertito tutti.» Madeline lanciò a Friederike uno sguardo cospiratore. «Questa volta prendiamoci il tempo sufficiente per i preparativi. Così mettiamo in piedi qualcosa di veramente speciale.»

Chris le pizzicò un braccio. «*Darling*, guai a te.»

Madeline sbattè innocentemente le palpebre. Come quei due si guardavano, era davvero impensabile che George avesse ragione con la sua premonizione. Erano semplicemente perfetti insieme... Ma anche lei e George una volta erano perfetti insieme. E poi l'incidente aveva reso vani tutti i loro piani.

Ma nel corso del pasto il discorso approdò ovviamente di nuovo alla sua conferenza; Madeline in particolare bruciava dalla curiosità. Sembrava essere sinceramente interessata a procurare un'altra esibizione alle danze cortesi del barocco. Con il suo fervore entusiasmò temporaneamente persino George.

Ma non parlarono della trasmissione televisiva. George non tornò sull'argomento nemmeno quando finalmente furono a casa.

George depose la valigia di lei nell'ingresso. «Suppongo che la maggior parte di questo vada in lavanderia.»

Lei annuì.

«Lo faccio io per te. Sarai certamente stanca.» E non dovresti salire delle scale inutilmente, significava ovviamente.

«Pensi che adesso io debba andarmene a letto?» Lo baciò dolcemente. «Sono sempre contenta di tornare a casa.»

George non reagì; allora gli mise le braccia attorno al collo. «Sì, credo che ora me ne andrò a letto.»

Lui stava lì rigido e teso e non si apprestava a ricambiare l'abbraccio. Sospirando, lei premette il pulsante dell'ascensore.

8

Ovviamente anche i colleghi della facoltà avevano visto il servizio della rubrica scientifica e uno aveva avuto la prontezza di spirito di premere il tasto di registrazione del suo videoregistratore. Roberta ne portò orgogliosamente una copia a Friederike.

La trasmissione si concentrava sulle relazioni dei partecipanti tedeschi: la sua, quella di Michael e anche di Carlsen. Questi interventi erano tutti montati da riprese della BBC. C'era anche una sequenza del ricevimento conclusivo del sindaco di Oxford – e mostravano un momento in cui durante il ballo aveva appoggiato la sua testa stanca sulla spalla di Michael. Vista la reazione di George, aveva temuto qualcosa del genere.

Che imbarazzo; poteva solo... pregare che i colleghi non badassero a queste immagini. Ma probabilmente sarebbe stato inutile.

Il reportage della rubrica scientifica, però, andava ancora avanti. Con un servizio realizzato dal team di giornalisti tedeschi: un'intervista a Carlsen. Il signor professore, ovviamente – maschilisti tutti quanti. Friederike strinse i pugni furente.

Non doveva sobbarcarsi anche questo. Si alzò per spegnere il videoregistratore. In quel momento Carlsen stava dicendo: «Naturalmente noi in facoltà abbiamo...» Noi in facoltà? Quell'individuo aveva avuto la faccia tosta di presentarsi come il rappresentante della facoltà?

«Roberta!» Friederike ansimava. «L'hai visto? Cosa dice Tom a riguardo?»

Roberta alzò le spalle. «Cosa deve fare secondo te?» A dire il vero, Tom non poteva fare proprio niente. Un professore di ruolo non si poteva licenziare; e finché non veniva colto con le mani nella marmellata... Andò nel suo ufficio e telefonò a Michael.

Per la rabbia aveva dimenticato che in quel momento lui aveva un seminario. Con un brontolìo snervato si sedette al computer e iniziò a riscrivere e integrare il suo contributo alla conferenza per farne un capitolo per la pubblicazione in programma.

Poi arrivò Michael; di buon umore come sempre. Non sapeva ancora nulla?

«Ti voglio nel mio libro. Quanto tempo puoi ritagliarti nelle prossime settimane?» Carlsen non avrebbe avuto scrupoli a inglobare in qualche modo il loro lavoro nella sua opera, se loro non avessero pubblicato prima. Non aveva la testa per sprecare il suo tempo con una discussione sul plagio.

«A sentirti si direbbe che tu abbia improvvisamente fretta.» Michael rise. «Eppure hai già la tua cattedra.»

«Ma tu non ancora, Michael.» Lei non voleva ridere. «Hai visto il servizio della rubrica?»

«No. Ma ne ho sentito parlare. Forse dovrei guardarmelo.» Arrossì di colpo. «Stamattina sono stato parecchio preso in giro. Evidentemente ci hanno filmato mentre ballavamo.» Ghignò di nuovo. «Questa di sicuro la sentirai anche tu: Rainer Weidner adesso mi attribuisce il potere della guarigione miracolosa, perché ti ho portata a ballare di nuovo.»

«E questo è tutto ciò che ha interessato i colleghi?» Lo guardò incredula e sgomenta.

Lui alzò le spalle. «Finalmente ancora qualcosa su cui spettegolare. Non l'avevamo da tempo.»

«I signori giornalisti scientifici hanno intervistato il signor professor Carlsen.» Sbuffò indignata.

Michael alzò ancora le spalle.

«E lui ha avuto l'impudenza di presentarsi come l'inviato ufficiale della facoltà.»

«Mah. Nei documenti della conferenza compare appunto come uno degli inviati. Perché dovrebbe metterli al corrente lui?» Ovviamente questo era un punto – e la ragione per cui Tom aveva le mani legate. Non avrebbe contrariato gli organizzatori di Oxford.

«Insomma. Eccoti il motivo per cui ora voglio pubblicare velocemente.»

«Noi siamo migliori di Carlsen.» Michael ghignò. «In ogni caso, il nostro libro sarà imbattibile.»

Lei scosse il capo. «Tuttavia, se il suo appare per primo, lui riceverà le *reviews* e le menzioni. Lo sai benissimo. Il libro successivo su un argomento simile poi nessuno se lo fila più.»

«D'accordo. Finiremo per primi. Stipula il contratto e fatti dare una *deadline* dalla casa editrice.» Si sedette sul bordo della scrivania e giocò con la stilografica di lei. «E se facciamo in tempo, alleghiamo al libro un CD. Altrimenti facciamolo uscire a parte.»

«Un CD!»

«Uno dei miei amici ha uno studio e l'attrezzatura per registrazioni professionali.»

«Perché nuove registrazioni? Hai già montato gli esempi di musica adatti per Oxford; e io ne ho ancora. Oppure li inseriamo semplicemente nelle fonti.» Gli prese la stilografica; gliel'aveva regalata George vent'anni prima. «Qualche musicista ne sarà contento. Ma anche Carlsen lo farà.»

Un ghigno birichino gli si allargò sul viso. «Ma lui non avrà degli esempi ballati.» Le diede un colpetto sul naso. «Perché abbiamo... il nostro Club di Danza?»

Oh! Che bella idea! Scoppiò a ridere. «Madeline farà i salti di gioia per questo. Proprio nel fine settimana ha proposto di preparare una quadriglia per la prossima giornata a porte aperte. Se convinciamo Chris a farlo.»

«Altrimenti faccio io il maestro di danza.» Michael cominciò a fare una cernita dei pennarelli di lei.

«Gli *square dancer* non ci starebbero. Sentirebbero di nuovo puzza di bruciato.» Friederike gli raccontò di tutto quello che George aveva ordito quando Madeline si era innamorata del *caller* del gruppo. E di come il gruppo aveva minacciato di abbandonare il circolo, perché loro non volevano rinunciare a Chris.

Michael era sempre più scioccato man mano che lei raccontava. Non lo aveva mai visto così fuori di sé. «Ma non avrei creduto che tuo marito ne fosse capace.»

«L'ha fatto in buona fede.»

«Cosa?» Sembrò rimanere senza parole.

Meglio che non lo scioccasse ulteriormente. Lui avrebbe dovuto andare d'accordo con George, se volevano realizzare la sua idea. Avevano bisogno del benestare del consiglio direttivo e forse anche qualcosa dal budget del circolo. Naturalmente avrebbero potuto finanziare il noleggio dei costumi con i suoi fondi per la ricerca. Ma difficilmente questo sarebbe passato inosservato a Carlsen; anche senza la segretaria che Tom aveva allontanato dal suo ufficio. E non voleva rischiare che lui copiasse l'idea. Questi allori spettavano a Michael. A lui solo.

Michael riguadagnò lentamente il proprio autocontrollo. «Sì, certo; a volte pensiamo di sapere meglio noi cosa sia bene per gli altri.» Parve indeciso se dire di più. «E tuo marito appartiene probabilmente a quelli che lo pensano particolarmente spesso.» La sua incertezza era tangibile.

Con una risata lei cercò di dissipare la tensione che c'era d'improvviso nella stanza. «Niente paura, Michael. Puoi dire tranquillamente quello che io penso.» Picchiettò sul proprio schermo. «Ma veniamo al punto. Mi servono quattro settimane per i miei capitoli.» Sorrise scaltra. «Senza saltare il gruppo di ballo.»

«Al contrario. Renderemo entusiasmante il nostro film anche per loro. Vedrai.»

9

Il venerdì seguente, Friederike e Michael si fermarono al bar dopo il gruppo di ballo. Come avevano pattuito, Michael prese l'iniziativa. «Ho sentito che ci dev'essere un'altra giornata a porte aperte.» Rivolse a Marga un sorriso, mentre lei gli riempiva il calice di vino. «La programmi di nuovo tu?»

Lei ritirò la bottiglia. «Non è ancora deciso niente. E non l'avevo affatto programmata, solo proposta. Il lavoro l'ha fatto la formazione.»

Michael si rigirò il bicchiere tra le dita. «Una volta mi piacerebbe vederla ballare.»

«Hai voglia di latino, Michael?» Werner Heinemann posò la sua birra e gli rivolse la sua totale attenzione. «Al momento una ballerina è in cerca di un nuovo compagno.»

Michael rise. «La formazione è messa così male?»

A Marga cadde la mandibola.

«Insomma, se prenderebbero persino uno come me, allora non possono essere poi così bravi.»

«Non balli affatto così male, Michael», giunse da dietro la voce di Ines. «Dovresti allenarti di più; tutto qui.»

«Beh... Alcune persone riescono a conciliare il lavoro con il ballo.» Michael annuì in direzione di Friederike. «L'altro giorno avete visto il servizio della rubrica scientifica?» Si guardò attorno interrogativo. «La ricerca di Rieke è ideale per questo.»

Werner aggrottò la fronte. «Davvero? L'ultima che ho sentito è che ti occupi di certe danze antichissime. Adesso non più?»

Friederike porse a Marga il proprio calice per il rabbocco. «Così antiche poi no. Comunque non tanto più antiche del valzer.»

Tanja Walters fece un'espressione scettica. «E cosa intendi con ciò? Trecento anni invece di duecento?»

«All'incirca. Mozart per esempio ha scritto anche dei minuetti.»

«Erano da ballo?», chiese Christina, la moglie di Werner.

Friederike annuì. «Naturalmente. Le suites del barocco sono una successione di danze.»

«Da ballare», aggiunse Michael con un ampio sorriso. «Per cosa altrimenti?»

«Da ascoltare. Ho sentito che questi concerti di *Hausmusik* potevano protrarsi per ore e ore. Se me lo immagino...» Tanja sbadigliò in modo ostentato. «Già mi addormento se i concerti durano più di un'ora.»

«Allora vedi che faremmo meglio a ballarli.» Axel, suo fratello, la colpì nel fianco.

«Ma la *Hausmusik*...»

«*Hausmusik*, questa era la borghesia, Tanja. Gente che non aveva castelli e sale da ballo e quindi nessun posto per ballare.» Axel ghignò. «Ma in realtà allora la musica era lavoro commissionato da qualche re o qualcuno del genere.» I due iniziarono a ingarbugliarsi nelle loro solite punzecchiature.

Improvvisamente, l'indice di Tanja si scagliò contro Friederike. «Madeline vuole stordire di parole Chris perché prepari una quadriglia per la prossima giornata a porte aperte.» Guardò Friederike di sottecchi in modo disinvolto. «Ha per caso preso l'idea da te?»

«Penso di sì.»

Michael alzò le sopracciglia ammonitore. Ma ottenevano certamente di più, se giocavano a carte scoperte. «Ovviamente noi parliamo anche del mio lavoro. E dopo la conferenza a Oxford...»

«Scriviamo insieme un libro sull'argomento. Questo mi ha dato l'idea su come potremmo unire lavoro e ballo. Qui.» Michael indicò la sala da ballo.

Tanja guardò con diffidenza da Friederike a lui. «Voi avete in mente un attentato!»

«Se ti piace chiamarlo così», disse Friederike. Marga rimase improvvisamente immobile, una bottiglia d'acqua in mano. Friederike represse il proprio commento a riguardo; ora non sarebbe stato saggio. «Un progetto per le danze cortesi del barocco. Se si trovano un paio di persone disponibili, il consiglio direttivo di sicuro ci sta.»

Werner scosse il capo. «Troppo costoso. Nessuno potrebbe pagare i costumi. E da dove possono mai venire?»

«A Querfurt c'è una grande festa medievale. Ci sono già stato una volta.» Axel si infervorò. «Là vendono anche dei costumi.»

«Medioevo!» Ines sbuffò. «Ma allora è davvero antico!»

«Ma la maggior parte delle danze non viene da quell'epoca?» Axel li guardò uno dopo l'altro interrogativo. «Non dovremmo saperlo con più precisione, quando balliamo? Da dove proviene tutto questo?»

Christina scosse il capo. «Non ho bisogno di sapere come si costruisce un'auto per guidarla.»

«Ma qualcuno deve pur saperlo!» Axel guardò Christina con aria di sfida. «Altrimenti tu non avresti affatto un'auto da guidare.»

Christina alzò le spalle.

Michael sollevò di nuovo un sopracciglio. Christina poteva realmente mettere loro i bastoni tra le ruote. Non qui al circolo; l'entusiasmo nei volti degli altri parlava da sé. Ma se a casa si fosse lavorata Werner, lui avrebbe detto al consiglio direttivo che il circolo non aveva soldi per questo. Qui dovevano addirittura barcamenarsi proprio come in facoltà?

«In effetti interessa anche a me», disse Tanja. «Compro il vostro libro.» Il sorriso le si allargò. «Di sicuro avete bisogno di sottoscrizioni perché venga pubblicato.» Invece non ne avevano bisogno, ma adesso non era importante. Vendere più libri andava sempre bene. «Facciamo un volantino e lo pubblicizziamo qui al circolo. E ovunque prossimamente incontreremo dei ballerini.»

«Grazie.» Lo sguardo di Friederike andò a Michael. Ora toccava di nuovo a lui.

«Abbiamo escogitato una chicca speciale per il libro. Uno dei miei amici potrebbe produrre un Video CD – se avesse qualcosa da poter riprendere.»

«Girare un film, intendi», disse Axel.

Michael annuì. «Dato che non siamo in grado di viaggiare nel tempo. Nella musica viene fatto continuamente di produrre esempi di musica originali con gli strumenti originari.»

Il viso di Tanja cominciò a bruciare. «Di sicuro possiamo noleggiare i costumi per l'esibizione. Chiediamo all'opera. O a Babelsberg.» Per l'eccitazione si attorcigliava i capelli. «O al Friedrichstadtpalast?» Si voltò verso Marga. «Abbiamo qualcuno al circolo che ha dei contatti?»

Marga scosse la testa. «Questo non c'è nei dati dei soci. Dovresti chiederlo tu.»

Tanja piantò la mano sinistra sul fianco. «Ma tu conosci tutti! Non c'è assolutamente nulla che tu non sappia.»

L'espressione di Werner divenne truce. Allora probabilmente Tanja aveva fatto una gaffe. «Accolliamo già fin troppo a Marga; non accollarle anche questo.»

Marga gli posò la mano sul braccio. «Grazie, Werner. Ma lascia stare. Aiuto volentieri se posso. Lo sai bene.» Sorrise a Tanja. «Chiarite prima di tutto se riuscite a realizzare davvero questa storia del barocco. Poi vediamo dove procurare i costumi.»

«Anche noleggiare i costumi costa.» Werner guardava ancor più cupo di prima; di sicuro adesso si sentiva rifiutato. Eppure aveva avuto solo buone intenzioni. «E poi per quanti ballerini? Per la compagnia di Chris o ancora di più?»

Tanja guardò Friederike con aria interrogativa; Michael rispose per lei. «Vedi allora quanti ballerini puoi entusiasmare.»

«Quante coppie? Divisibile per quattro?»

Lui la guardò un attimo perplesso, poi capì. «Non ci sono solo le quadriglie.»

«Bene. Dunque in ogni caso abbiamo Axel.» Tanja piantò l'indice nel petto di suo fratello. Cominciò a ripassare con l'aiuto delle dita i ballerini sostituti che al momento avevano a *square dance*.

«Quindi ci potete fare quasi un terzo *square*», si fece sentire Marga dal retroscena del bar.

«Ma questo adesso non interessa a nessuno», la rimbeccò Tanja.

Friederike fu sorpresa dall'umore ostile che venne fuori improvvisamente da Tanja.

Marga sembrò non farci caso; alzò semplicemente le spalle. «Era solo un pensiero. Mi è passato d'un tratto per la testa.»

«Ma anche questo costa.» Werner sospirò forte. «Sarebbe bello se i nostri gruppi crescessero ulteriormente. Più soci portano più quattrini al circolo. Ma costa anche di più in equipaggiamento.»

Tanja lo squadrò con la testa inclinata. «Buono a sapersi che il circolo in futuro vuole compartecipare ai costi dei nostri costumi.»

Werner sbarrò gli occhi. Probabilmente non l'aveva pensata così – quella furbetta di Tanja... Adesso però non dovevano metterlo troppo in imbarazzo; altrimenti avrebbe visto l'opposizione di sua moglie come un'ancora di salvezza e votato contro l'idea.

«Il mio budget per la ricerca è sufficiente anche per i costi che derivano dalla registrazione del CD.» Formulato così non era una bugia. Doveva certamente dirlo per porre fine alla discussione sui costi. «Solo il tempo che si inseriscano i ballerini...» Friederike sollevò le spalle dispiaciuta. «Tanja, non abbiamo un budget per questo.»

«Ma non fa niente», disse Michael. «Se per voi l'impegno in più è troppo grosso, allora condanneremo degli studenti della nostra facoltà a farlo.»

A Friederike venne quasi un accidente. Studenti – a cui insegnare le danze necessitava di troppo tempo, se non avevano nessuna esperienza pregressa di sorta. Avevano bisogno degli *square dancer*. E anche quelli della formazione latina avrebbero imparato abbastanza rapidamente, perché avevano esperienza nel ballare in sincronia.

Lo sguardo di Michael andò da uno all'altro. «Madeline è sicuramente pronta a istruire i ragazzi e le ragazze.» Madeline però era quella che aveva meno tempo di tutti, così vicino alla sua maturità.

Alla fine lui guardò di nuovo Friederike con un ghigno addirittura subdolo. Aveva escogitato qualcosa! Ovvio. Doveva davvero fidarsi di lui.

Tanja appoggiò il mento sulla spalla di Axel. «Naturalmente anche noi due potremmo ballare insieme. Come qui al gruppo di ballo. A mio fratello, Micky mi darà sicuramente in prestito, per un breve periodo.» Rivolse a Michael un battito di ciglia; quello era uno sguardo assassino. «Micky è il mio compagno a *square dance*.»

Si voltò verso Friederike. «Tu e Madeline, voi vi accordate con George. Io mi occupo del noleggio dei costumi e tu, Michael, organizzi la produzione del film.» Sogghignò. «Forse avremmo anche bisogno di un regista. Questo lavoro appioppiamolo a Chris; tanto ci comanda già a bacchetta.»

10

Il lunedì seguente, Tanja aveva la sala delle feste del castello Schönhausen per le riprese e il consenso dalla Deutsche Oper per trenta costumi. L'accenno alla reputazione scientifica di Friederike impressionò così tanto l'intendente dell'opera, che era addirittura pronto a chiedere dei ballerini allo Staatsballett se il Club di Danza Lietzensee non ne avesse avuti a sufficienza. Dopodiché, anche metà della formazione latina era pronta a partecipare.

E poi improvvisamente tutto era lì lì per andare a monte. Hans-Dieter Friedemann, l'istruttore della formazione, fomentò in Werner la paura che così fosse a rischio il successo alle gare per il passaggio di categoria regionale: la formazione non avrebbe avuto abbastanza tempo per il "vero" allenamento. Werner spaventò il consiglio direttivo con la profezia di un'incombente bancarotta. In seguito a ciò, anche George si oppose al progetto.

Il giorno dopo questa turbolenta seduta del consiglio direttivo, Micky hackerò il computer del circolo e procurò i numeri di telefono e gli indirizzi mail dei ballerini della formazione che avevano aderito. Tanja li chiamò uno dopo l'altro e disse a tutti che non dovevano preoccuparsi per la pubblicazione di Friederike: infatti avrebbero affiancato agli *square dancer* i ballerini dello Staatsballett. Ma nessuno voleva questo. Persino George trovava che sarebbe stato un disonore per il circolo.

Alla successiva seduta del consiglio direttivo, lui schiumò

per l'intromissione dell'istruttore. Non era lui, George, quello che faceva tutto il lavoro per il circolo? Come poteva Hans-Dieter mettere i bastoni tra le ruote con i suoi dubbi meschini? La formazione latina era di prim'ordine; sapeva la propria coreografia a menadito. Dubitava forse che sarebbe salita di categoria e avrebbe vinto il campionato del nord? Doveva piuttosto preoccuparsi che Rita Färber avesse un compagno che potesse sostituire l'infortunato Frederik...

Di fronte allo scoppio di George, Werner si ricordò all'improvviso che il budget non era mai stato calcolato in modo che il circolo fosse dipendente dai successi dei suoi ballerini alle competizioni.

George tornò a casa estremamente soddisfatto di se stesso. «Il circolo sostiene il tuo lavoro, Rieke. Ho tolto di mezzo tutti gli ostacoli.» Raccontò come si era svolta la seduta del consiglio direttivo.

«Ero sicura di poter contare su di voi.» Friederike si lasciò prendere tra le braccia da lui. Sapeva benissimo quali manovre aveva architettato Tanja per mettere in piedi il film. «Vi siete adoperati tutti alacremente per imporvi su Hans-Dieter.»

George scoppiò a ridere; poi la baciò sulle labbra. «Nessuno ha dovuto imporsi su Hans-Dieter. Gli ho ricordato che è il consiglio che prende le decisioni.» Le mordicchiò il labbro inferiore finché lei non aprì la bocca e lo lasciò entrare. George era diventato più affettuoso, da quando lei ballava di nuovo. Di certo non era un caso. Ma forse era solo un risultato della sua gelosia nei confronti di Michael?

Gli mise le braccia intorno al collo e gli accarezzò la nuca. «Se non avessi te...» Oh, come odiava questo barcamenarsi.

***

Sabato alle nove del mattino erano nella sala grande del Club di Danza Lietzensee: l'intero gruppo di *square dance* insieme a tutti i ballerini sostituti, cinque coppie della formazione latina, Axel, il fratello di Tanja, e altri due cavalieri del gruppo di ballo per le ballerine sostitute che non avevano un compagno. E gli Heinemann – qualunque fosse il motivo per cui erano venuti.

Chris si era ovviamente dichiarato pronto a fare il maestro di cerimonie che una parte delle danze richiedeva. Non gli sarebbe mai passato per la testa di opporsi alla richiesta di Madeline.

Prima di ballare, Friederike e Michael presentarono un riassunto del loro libro. «La prima globalizzazione dell'arte», lo chiamarono. La parte di Friederike trattava dello sviluppo da danze popolari e contadine regionali a danze della nobiltà, che venivano ballate allo stesso modo in tutte le corti d'Europa. Michael invece scriveva di musicisti come Andrea Falconieri, che viaggiavano di corte in corte e raccoglievano ovunque melodie locali per le loro composizioni, trasformandole in musica da ballo.

Friederike aveva appena finito la sua relazione quando Tanja si alzò di scatto.

«Ho un'idea!» Si guardò attorno in cerca di approvazione.

«Ahimè!» Axel mise le mani davanti al viso. «Cosa ci minaccia ora?»

Micky rise. «Le idee di Tanja sono le migliori!» Lo sguardo che ebbe per lei era colmo di ammirazione. Ma Tanja parve non notarlo.

Indicò la parete su cui Friederike aveva proiettato poco prima le sue immagini. «Abbiamo bisogno di più costumi!»

Axel gemette in modo teatrale.

«Ovvio! All'opera ho procurato solo costumi di corte. Ma non va affatto bene. Abbiamo anche bisogno di costumi contadini. O borghesi – che ne so.»

«Ha ragione», disse Micky. «Se vogliamo mostrare lo sviluppo, dobbiamo ballare anche in costumi contadini.»

«Ma costa il doppio dei soldi!» Werner Heinemann incrociò le braccia sul petto. «Ho detto fin dal principio che il circolo non può finanziare simili stravaganze.»

«Ma i costumi non ci costano quasi nulla», protestò Madeline con occhi fulminanti. «Non ti entra in testa che Tanja ha fatto una magia? E la facoltà della nonna ha comunque un budget per questo?» Di cui però non dovevano servirsi per non dare idee a Carlsen. Ma questo adesso qui non c'entrava.

«Ma vale solo per il film di Friederike. E che ne è dell'esibizione alla giornata a porte aperte? Con quella vogliamo migliorare le nostre finanze, non svuotare le casse.»

«Passeremo il ponte quando ci saremo davanti», disse Chris. «Nel consiglio direttivo non avete ancora preso una decisione in proposito; e men che meno c'è un appuntamento per discuterne.»

E quel giorno erano venuti per ballare, non per discutere. Friederike spense il portatile e fece partire il CD per la prima danza: un branle del Cinquecento. I discorsi tacquero; i primi cominciarono a dondolarsi al ritmo della musica.

«Cosa?», gridò improvvisamente Norbert Kaminski degli *square dancer*. «Ma questa è dei 'Bots'!»

Michael rise. «È un antico canto conviviale bretone. I Bots hanno utilizzato questa melodia nella loro 'Cosa vogliamo bere'.»

«Una danza processionale?», chiese Axel con voce timida. Il ragazzo faceva sul serio; voleva davvero sapere da dove provenivano le danze.

«All'inizio. Durante lo sviluppo a danza cortese si aggiunsero salti e altri ornamenti. È una delle prime danze per cui vennero messi per iscritto i passi.» Michael porse il braccio a Friederike.

Lei fece ripartire da capo il pezzo e poi ballarono per primo il semplice passo del *branle double*: piede sinistro a sinistra, piede destro chiude... e lo stesso a destra. Poi, alla fine, abbellirono la sequenza di passi con un salto sul piede sinistro, mentre allungavano in avanti il destro. Poi invece una capriola, saltando con entrambi i piedi; la gamba destra in avanti e la sinistra indietro.

«È bello. Molto – elegante.» Madeline sogghignò e si voltò verso gli *square dancer* in generale e Chris in particolare. Lo tirò sulla pista da ballo e prima che il brano musicale fosse terminato aveva imparato la sequenza dei passi insieme a lui.

Madeline era felice come una Pasqua. «È facilissimo.» Piantò il gomito nel fianco di Chris. «Più facile della *square dance*.» Cosa che naturalmente non era vera.

Danzò ancora una capriola. «Ma in quale lingua verranno impartiti i comandi?»

«In questa danza non ce ne sono. È davvero facile. Un maestro di cerimonia serve solo per danze molto lunghe, molto ricche di variazioni come appunto la quadriglia.» Friederike sorrise verso Chris. «Una delle precorritrici della *square dance*.»

«I comandi ci sono anche in alcune danze popolari», disse Michael. «Nei *céilì* scozzesi-irlandesi, per esempio, che vengono ballati ancora oggigiorno.»

«Questo sarebbe un altro bel progetto», disse Christina Heinemann. «Io amo l'antica musica popolare irlandese.»

Questa sì che era una sorpresa. Christina improvvisamente si appassionava? Friederike aveva pensato che fosse venuta solo per amore del marito. E per Werner era una questione di controllo sul progetto.

Friederike mise di nuovo il pezzo. Intanto Michael si posizionò davanti alla fila dei cavalieri e lei davanti alle dame e si esercitarono con loro nei primi passi. Era proprio come Friederike aveva sperato: la maggior parte dei ballerini non solo padroneggiò molto in fretta i passi, ma era anche in grado di ballare in sincronia con le altre coppie.

Alla fine Michael si mise accanto a lei vicino allo stereo e osservò con la testa inclinata. In quel momento i ballerini si stavano esercitando a saltare il quinto passo della gagliarda con le gambe incrociate e al contempo apparire eleganti. «Sarà geniale, Rieke. Me lo sto immaginando nel castello.»

Fino alla pausa pranzo si erano accordati sulle sequenze di passi per il branle e la gagliarda che volevano imparare per le riprese. Michael ordinò la pizza per tutti, Madeline si assunse il compito di mescere al bar e trascorsero insieme un'ora fantastica, in cui Friederike e Michael raccontarono delle loro ricerche.

Michael era appoggiato alla parete accanto a Friederike. «Il vostro circolo è davvero una stupenda compagnia.»

«Il nostro circolo.» Lo guardò ridendo. «Meglio che ingaggiare un gruppo di studenti.»

Lui fece una smorfia come avesse morso un limone.

«Ma l'avevi proposto tu.»

«Ma Rieke, allora non capisci proprio niente di tattica. Adesso me ne stupisco davvero.»

«A proposito di tattica. Sei riuscito a scoprire per quando Carlsen progetta la sua pubblicazione?»

«Non ha una segreteria che io possa abbindolare. Dopo la bravata che Karin ha messo in piedi per lui con la *call for papers*, sono tutte estremamente caute.»

«Vuoi forse dire che i pettegolezzi non funzionano più?»

Michael alzò solo le spalle e seguì i ballerini nella sala grande. La prossima in programma era la quadriglia.

In una pausa dal ballo, più tardi nel pomeriggio, mostrarono delle sequenze di film storici e richiamarono l'attenzione dei ballerini su come i pesanti costumi di corte influissero sui singoli movimenti.

«La testa sarà la difficoltà maggiore.» Tanja si scompisciò dalle risate e iniziò a sfilare con il collo rigido, come se indossasse una di quelle imponenti, scomode parrucche del Seicento.

«Ma dove si trovano delle *mouches* al giorno d'oggi?», chiese Rita Färber.

«Oggetti di scena», ipotizzò Kirsten Schneider, un'altra ballerina della formazione latina. «Più avanti potremmo utilizzarle anche per noi. Devono solo essere abbastanza grandi da vedersi attraverso un'intera pista da ballo.»

«Vuoi usarle per sviare l'attenzione dai tuoi passi sbagliati?», chiese Gregor Buchenhain, il suo compagno.

Le risate riecheggiarono per la sala.

«Credevo che voi danzaste», giunse dall'antisala la voce di George. Poi fu sulla porta della sala e lasciò vagare lo sguardo. «Mi sono annoiato a casa, a fare il vedovo bianco. Allora ho pensato di venire a vedere come procedete.»

Suonava come un controllo? Non importava – non c'era motivo per non essere felice della sua comparsa. «Oh George, è davvero meraviglioso! Ne sarai entusiasta.» Friederike lo salutò con un bacio sulla guancia.

Quando poi ripresero l'allenamento, George prese una sedia dall'ufficio e si sedette accanto allo stereo.

Ma la presenza di George era fastidiosa. E anche il fatto che aggrottasse costantemente la fronte non favoriva un clima rilassato. Gli altri parvero avere una sensazione simile a quella di Friederike, perché d'un tratto si muovevano tutti molto più rigidamente di prima. Sbagliavano i passaggi più facili.

Avrebbero voluto provare fino alle sei. Ma alle cinque Michael spense la musica. «Basta per oggi. Credo che siamo arrivati a un punto in cui ogni cosa in più porterebbe solo alla confusione.» Una frase del genere di sicuro non l'aveva ancora sentita nessuno dei ballerini: erano abituati a provare finché un passo non riusciva. O finché non cadevano dalle scarpe da ballo per lo sfinimento.

Allora le rughe sulla fronte di George divennero ancora visibilmente più profonde ed emise un sibilo di disapprovazione. Come fosse affar suo!

«Abbiamo fatto molto oggi. Siete veramente formidabili.» Friederike ringraziò praticamente uno per uno con lo sguardo. «Sicuramente ci metteremo meno tempo di quanto ci aspettavamo.»

Ovviamente anche George doveva dire qualcosa. Così che nessuno dimenticasse chi era lui. Sconvolse tutti. «Non sembra difficile. Ma è naturale; le danze popolari dovevano essere così, di modo che ognuno riuscisse a ballarle subito.» Era a dir poco offensivo come sminuisse il loro lavoro. «Credo che persino io ne sarei capace al primo colpo.»

Friederike era allibita; non le venne in mente nulla da dire al riguardo.

Michael, però, d'un tratto aveva gli occhi da monello. «Non dovremmo lasciarci scappare quest'occasione.» Strizzò l'occhio a Chris e andò allo stereo. «Una parte della quadriglia ancora una volta insieme a George.»

Friederike non voleva proprio sapere che faccia stava facendo ora George; studiò invece la fila delle dame. «Micky, cedi il posto a George.» Tanja era proprio la compagna giusta per lui.

Tanja spinse di lato Micky di un passo e allungò la mano verso George. Con un flebile gemito, lui tolse il cappotto, si abbottonò la giacca e prese il posto di Micky. Almeno accettava la sfida.

«Bene, allora», sussurrò Michael all'orecchio di Friederike. Al cenno del capo di Chris, premette il tasto play.

Chris sollevò il microfono. Cominciò con la seconda danza della quadriglia: *«L'été»*. *«En avant deux – en arrière – chassé à droite – chassé à gauche...»*

Questa sequenza di passi permise a George di guardare prima due altre coppie e poi era poco più di un semplice andare avanti e tornare indietro sul posto e uno *chassé* con cambi di piedi. La difficoltà consisteva, anche per l'uomo, nell'apparire lezioso tramite la postura di testa e braccia.

George negli ultimi anni si era appesantito e non aveva mai fatto troppa attenzione a questo aspetto dell'espressione tersicorea. Potevano ritenersi fortunati a lavorare con una formazione latina. La consueta ginnastica espressiva consentiva ai ballerini di acquisire rapidamente il manierismo barocco. Tuttavia, anche gli *square dancer* se l'erano cavata bene. Probabilmente Madeline aveva risvegliato la loro ambizione di mostrare che gli *square dancer* erano professionali tanto quanto il resto del programma del Club di Danza Lietzensee.

Per la danza successiva, George non aveva nessun esempio diretto. Michael contò i passi, mentre Chris, nel suo francese che suonava bizzarro, annunciò «*La Poule*». «*Traversé – retraversé – balancé – demi-promenade – en avant-deux – dos-à-dos...*» Ma George dimostrò che prima aveva osservato attentamente. Riuscì ad effettuare persino i cambi di compagna senza indugio.

Tanja lo ponderò con uno sguardo pieno di orgoglio. «George, è una vergogna che tu abbia smesso di ballare. Saresti ancora in gamba.»

Michael risucchiò rumorosamente l'aria.

Ma Tanja non doveva far venire a George delle idee! Tutto, ma non questo argomento ora. Il progetto era stato fatto venire alla luce con così tanta fatica; un solo alito di vento poteva spazzarlo via.

Friederike era così stufa di barcamenarsi. Barcamenarsi, sempre barcamenarsi. In facoltà. Al circolo. Non doveva succederle anche a casa.

Dopo la quadriglia, Madeline lasciò la formazione e mise il braccio attorno alla vita di Chris. «È stata una cattiva idea nominarti nostro maestro di cerimonia. È da un'eternità che non ci capita più di ballare insieme.»

Lui rise e la baciò sulla punta del naso. «Era questo il tuo secondo fine nascosto, quando ci hai proposto le danze barocche?»

Madeline ridacchiò. «Escogiterò qualcos'altro.» Si sedette sul pavimento e cambiò le scarpe. «Nonn... Rieke, abbiamo anche bisogno di scarpe adatte. Ci avete pensato?» Tenne in alto la sua scarpa da ballo e la osservò dal lato.

Kirsten prese la scarpa a Madeline e la mise sotto il naso del suo compagno. «Ma con queste tu riesci a stare in piedi? O camminare? O ballare?»

Avevano ragione entrambe. In quell'epoca le scarpe erano uguali per uomini e donne: tacchi alti per la nobiltà. Non potevano arrivare per la prima volta così il giorno delle riprese. «In effetti dovremmo fare allenare i cavalieri di modo che siano abituati a muoversi con quelle.»

Werner fece una smorfia. «Altre spese.» Ma adesso che avevano cominciato, dovevano anche fare le cose per bene.

Tanja si appese al braccio di Werner. «L'altro giorno non hai detto che il circolo sovvenziona il finanziamento dei costumi? Perché non cominciare così?» Sbatté le ciglia con aria innocente.

«Perché userete queste scarpe una volta sola.»

«Due volte!», gridò Madeline. «Una volta per – la moglie di George», e lo sottolineò in modo ben udibile, «una volta per la prossima giornata a porte aperte.»

«Che il consiglio direttivo finora non ha ancora programmato.» Werner guardò ancora più truce di prima.

Lydia Aydemir fece dondolare il suo stivale rosso da cowboy. «Adesso possiamo andare a casa o balliamo ancora un po'? Mio marito sarebbe felice di vedermi, una buona volta.»

«Andiamo al bar», gridò Hinnerk, che intanto era al bancone del bar con una birra. «Chiama Sakir; può addirittura venire a piedi.»

Il bar era una buona idea; ma che faceva con George tutto quel tempo? Friederike scambiò con Michael un'occhiata affinché capisse che lui ci doveva assolutamente andare.

Anche George aveva colto la sua occhiata. E la fraintese. «Vuoi andare al bar, Rieke? Non hai bisogno di tempo per il tuo manoscritto?»

Avrebbe potuto strozzarlo. «Non ne avevo intenzione; come ti viene in mente?»

Lui fissò Michael veramente in cagnesco. Esatto. Proprio per questo motivo non aveva intenzione di andare con gli altri.

Michael lasciò la sala da ballo e ritornò subito dopo, con il cappotto sul braccio. «Lo stesso bar del venerdì?» Fece un cenno a Friederike. «Lunedì avrai i miei commenti al manoscritto.»

Madeline si fece aiutare da Chris a tirarsi in piedi e poi gli cinse il collo con le braccia. «Ti fidi ad andare senza di me nella tana del leone? Vado in macchina con la nonna; devo sgobbare sui libri.»

Chris affondò il viso nei capelli di lei e disse qualcosa che le fece illuminare il volto. La vista di quei due era sempre bella. Friederike non riusciva a immaginarsi che tra loro un giorno potesse finire, come profetizzava incessantemente George. Se come quei due lei e George avessero avuto in comune qualcosa in più del ballo... o più di un figlio... allora dopo l'incidente la loro felicità non si sarebbe così terribilmente offuscata.

I ballerini si misero le scarpe per uscire e una coppia dopo l'altra si avviò verso il bar. George e Werner scomparvero in ufficio. Si chiusero dietro la porta, ma poco dopo fu impossibile non sentire che stavano litigando.

Friederike finì di bere il vino e scivolò giù dallo sgabello del bar con un brontolìo di stizza. A loro sarebbe piaciuto farle aspettare finché non avessero concluso la battaglia.

«Nonna, andiamo al bar. Qualcuno sicuramente ci darà un passaggio.»

«Certo. Michael lo farebbe di sicuro.» E attizzerebbe ulteriormente la gelosia di George. – Aprì la porta dell'ufficio senza bussare. «George, dammi la chiave della macchina. Così voi potete finire tranquillamente di litigare e io posso fare il mio lavoro.»

Ma probabilmente la discussione con Werner aveva già portato George a perdere le staffe. Ora sembrava che volesse saltarle alla gola. Quell'uomo e i suoi capricci!

Friederike lasciò cadere la mano tesa. «Oppure adesso noi ce ne andiamo al bar.» Si voltò e fece un cenno a Madeline, che quindi indossò il cappotto.

Erano arrivate appena al primo pianerottolo, quando la porta venne aperta e George la chiamò. Madeline rivolse un ghigno a Friederike, prima che lei si voltasse.

«Abbiamo finito.» Da dietro la spalla di George spuntava la faccia di Werner. Rosso acceso; evidentemente anche lui si era infuriato.

Ancora una volta le sembrava come in università. Anche qui bisognava imporre il proprio pensiero. Contava poco cos'era sensato. Non c'era da meravigliarsi che il circolo dovesse lottare per sopravvivere.

11

A casa George posò la chiave della macchina sul comò e prese tra le braccia Friederike prima ancora che lei si fosse tolta il cappotto. «Rieke, era geniale!» La prese nella postura di ballo cortese che aveva appena imparato; con le mani sollevate in alto. Con passi leziosi la condusse in salotto, dove la lasciò con una riverenza.

«Proprio come una volta.» Lei tolse il cappotto, lo posò sulla spalliera del divano e si sedette.

«Mi immagino i costumi. Sarà divertentissimo.» Andò verso l'armadio e tirò fuori la bottiglia del cognac. «Anche per te?»

Lei annuì. Dopo quella giornata estenuante, poteva reggere qualcosa per rilasciare la tensione.

Le porse un bicchiere riempito per metà e si sedette accanto a lei. «Persino per me, che sono un mucchio di vecchie ossa, è assai facile tenere il passo.»

«Che vuoi dire?» George voleva ballare gagliarde e quadriglie? E magari con lei? Questo non andava; sarebbe stata una catastrofe, garantito. Non avevano più ballato insieme da sedici anni. A parte quell'unica rumba al carnevale. Cercò freneticamente un'idea su come poteva smorzare la sua foga. Non appena George avesse cominciato, non si sarebbe fermato prima di avere l'intero progetto nelle sue mani. Ma non era un progetto del circolo. Nel suo entusiasmo l'aveva dimenticato?

«Non hai appena detto che imparo in fretta proprio come una volta?» D'un tratto George aveva un'espressione da monello. «Stupirò i giovani.»

«Hai bisogno di una compagna.» Aggrottò la fronte. «Io non ho tempo per questo.»

«Oggi però hai ballato.»

Lei annuì. «Certamente. Volevamo offrire qualcosa in più di un paio di vecchie immagini e sequenze di 'Angelique'. Michael ed io in futuro ci alterneremo; nessuno di noi ha tempo per tutte le prove. Tra quattro settimane devo proporre il manoscritto all'editore.»

Adesso sembrava seriamente scioccato. «Ma fino ad allora... Allora Hans-Dieter ha ragione: tutto quel vostro ballare si scontra con le prove della formazione. Perché dovete esercitarvi ogni giorno per ore.» Strinse i pugni infuriato. In questo momento, lo credeva capace di cambiare un'altra volta fazione.

Prima che potesse chiederle di annullare il progetto, lei cominciò a ridere. «George, un'altra volta avresti dovuto ascoltare meglio, quando ho preparato delle pubblicazioni. Ci vorrà almeno fino alla primavera, prima che il manoscritto sia pronto per la stampa. Possiamo allenarci ancora per mesi.» Santo cielo! Appena pronunciata la frase, capì che si era data la zappa sui piedi.

«E allora perché nonostante questo non hai tempo per ballare?»

Lei sospirò. «Con la consegna del manoscritto, non è finita lì. Chi lo sa cosa l'editore vuole che venga modificato.»

George aggrottò la fronte. «Ma quindi cosa devi provare? Dato che insegni le danze, allora le conosci già!» Considerando la foga di George, si trovava sempre più a disagio. Lui ne era davvero pazzo. Ora voleva seriamente ricominciare a ballare oppure lo intrigava solo questo progetto stravagante? Aveva bisogno di tempo per riflettere su come gestire la situazione.

«Su questo hai proprio ragione.» Si accoccolò contro di lui e gli diede un bacio. «Proviamo semplicemente come ci riusciamo.» Meglio chiudere l'argomento ora. Altrimenti lui si sarebbe aggrappato all'idea così saldamente da compromettere l'intero progetto, piuttosto che desistere dal ballare lui stesso.

«Funzionerà di sicuro.» La mano di George le passò sotto i capelli e lui le accarezzò la nuca. «E se ho bisogno di più tempo degli altri per ballare in sincronia, allora teniamocelo per la giornata a porte aperte e basta.»

«Quindi adesso l'avete fissata?»

Lui scosse le spalle un po' a disagio. «In consiglio non ne abbiamo ancora neppure parlato. Ma chi dovrebbe avere qualcosa in contrario?»

«Werner?»

George cercò a tastoni la zip sulla schiena di lei e la tirò un pezzo verso il basso. Le sue dita si muovevano in cerchio sulla scapola destra di lei. «Ha detto qualcosa?»

«Insomma...»

«Lo so bene. Werner vede sempre solo le spese; non quello che potrebbe risultare come guadagno.» Le scostò il vestito dalla spalla. «Ma non dobbiamo parlare di questo adesso.»

«Proprio no.» Quello che più avanti ne avrebbe fatto il circolo di ciò che adesso imparavano gli *square dancer* e la formazione, in fondo non era affar suo.

Doveva chiamare Michael e dirgli che George voleva ballare con lei. E poi? Non avrebbe pensato che questo era il primo passo per sbarazzarsi di lui? Usato e gettato via come uno straccio vecchio... Ma aveva promesso a Michael di non mollarlo se a George fosse venuto in mente di tornare lui stesso a ballare. Avrebbe mantenuto la parola.

12

Quando Friederike arrivò in facoltà lunedì mattina le annotazioni di Michael al suo manoscritto erano sulla scrivania. Sfogliò rapidamente il raccoglitore: non molto e nulla di fondamentale. Poco più di un giorno di lavoro.

Si mise al computer e intanto esaminò la posta. Un'altra *call for papers*. Una conferenza l'autunno seguente a Tolosa, organizzata dal locale *Musée du Vieux-Toulouse*. Di sicuro sarebbe stato molto carino prendervi parte. Lingua della conferenza, però, francese?

Telefonò all'ufficio di Michael. «Tu sai il francese?»

«*Bonjour, Madame.*» Rise. «*Où est la gare?* Mi arrangio. Vuoi andare in vacanza in Francia con me?»

«Non ci crederai: sì. Qualcosa di simile. Il prossimo autunno c'è una piccola, e probabilmente splendida, conferenza a Tolosa.»

«In autunno va bene. Così possiamo scappare via dagli studenti per un paio di giorni.»

«Quindi sai il francese abbastanza bene da sostenere delle discussioni?»

Michael borbottò qualcosa, poi sospirò. «Una volta ero davvero bravo in francese. Con un po' di esercizio... E tu?»

«Allora esercitiamoci insieme.»

Questa volta il sospiro di Michael era indubbiamente melodrammatico. «Ma che ne è stato dunque dell'eredità ugonotta della vostra famiglia?»

«Buona idea! Facciamo correggere lo scritto da Madeline. Lei è il nostro genio linguistico.»

Poco dopo Michael venne nel suo ufficio e si fece dare una copia della *call for papers*. «Come mai Tom non me l'ha fatta avere? Ha una nuova intrigante segretaria?»

«Chiediglielo!»

«Preferisco di no. Se esaurisce le sue segretarie a causa nostra, ci sbatte fuori.»

Non può, avrebbe quasi detto lei. Ma solo lei aveva un posto di impiegata statale. Il contratto di Michael era sì a tempo indeterminato, ma intanto non significava nulla. «Forse crede che l'eredità ugonotta sia la mia e non quella di George. Come può sapere che tu parli francese meglio di me?»

«Oh, non legge i risultati delle mie ricerche?»

Lei rise. «Le tue fonti per Oxford non erano tutte in occitano?»

Lui si mise la mano sul cuore e fece una faccia come se lei lo avesse profondamente ferito. «Neanche tu leggi i miei lavori di ricerca. Altrimenti non ti sarebbero sfuggite le fonti in francese.»

«Certo che leggo i tuoi lavori; ma le tue bibliografie no.»

«Torniamo al discorso: pensi che dovremmo andarci?»

«Qualcosa in contrario?»

«Bene. Ci andiamo. Tolosa a settembre è splendida.» Sfogliò la documentazione, lesse dei passaggi sparsi e aggrottò sempre di più la fronte. «Se mi viene in mente un argomento per questa conferenza.»

«Ma Michael!» Ma perché quell'uomo aveva così poca fiducia nelle proprie capacità? Avrebbe fatto carriera da un pezzo se fosse stato più audace.

Lui ghignò. «Probabilmente hai ragione ancora una volta. Escogiterò qualcosa.»

Escogitare qualcosa, quella era la parola chiave. «George mi tartassa a causa del nostro film.» E non sapeva ancora come tenerlo alla larga senza mettere a rischio l'intero progetto.

Michael alzò un sopracciglio con aria interrogativa.

«Vuole ballare anche lui.» Trattenne il fiato.

«E tu cos'hai detto?» Il volto di Michael era inespressivo, ma la tensione nella sua voce lo tradì: si chiedeva quanto ci sarebbe voluto prima che George volesse di nuovo ballare con lei anche i balli lisci.

«Che per cominciare dobbiamo vedere come va il tutto.» Alzò le spalle, per dare al tutto un'impressione di casualità. «George non è mai riuscito ad adeguarsi. Gli seccherà ballare in sincronia con gli altri.»

«Allora potrebbe apparire nelle danze che non lo richiedono.» Davvero non gli dispiaceva affatto? Cercò nel suo viso un segno di cosa lui ne pensasse.

Improvvisamente Michael ghignò. «Adesso vorresti saper leggere nella mente. Non ti fidi di me?»

«E tu – ti fidi di me? Al gruppo di ballo rimango la tua compagna, non importa cosa salterà in mente a George prima o poi.» Era questa la soluzione al dilemma che le si profilava davanti? Gruppo di ballo con Michael e barocco con George? Non osò chiedergli cosa ne pensava di quell'idea. Michael avrebbe dovuto arrivarci da solo: soltanto allora sarebbe stata sicura che lui la riteneva una buona soluzione.

«So che l'hai detto seriamente. Ma puoi anche andare sino in fondo?»

La riteneva così condiscendente? Era sconvolta – e ferita. Però lui non aveva ragione? Non si era augurata per sedici anni di ballare di nuovo con George? Michael meritava sincerità.

«George intanto è troppo vecchio per pensare seriamente al ballo da sala.»

«Ma lui vuole ballare di nuovo. È palese.»

«Non si abbasserebbe mai al nostro gruppo di ballo per dilettanti.» Cominciò a sgomberare qua e là la sua scrivania per trovare il tempo di riflettere.

Michael si mordicchiava il labbro inferiore. Evidentemente rifletteva anche lui. «Perché il livello del gruppo di ballo sarebbe una regressione rispetto a quello che ballava una volta? Questa storia del barocco invece è terra inesplorata...»

Friederike scoppiò in una risata; sollevata che i pensieri di Michael sembrassero andare nella stessa direzione dei suoi. «Assolutamente. Tuttavia George finora ha inveito contro ogni iniziativa che esulava dal *World Dance Program*.»

«Un miracolo che lui tolleri la *square dance*.»

«Perché altrimenti avrebbe perso del tutto una parte di quei ballerini per il circolo. I genitori di Tanja, per esempio, non avrebbero mai accettato di pagare le quote per due circoli di danza.»

«Non sarebbe rimasta per suo fratello?»

Lei rise. «Ormai lui non ha poi così bisogno di lei. E lei stessa ritiene a ragione di poter tenere abbastanza il passo dappertutto.»

Michael la guardò interrogativo.

«Proprio come Madeline, lei non ha nessuna ambizione di andare oltre.»

«Ah, ecco!» Ridacchiò. «Le future dottoresse e architette imparano unicamente per l'atteggiamento conforme al proprio rango.»

Lei annuì. Doveva tornare su George? Meglio di no; Michael non doveva pensare che lei volesse forzare l'argomento. Con il quale poi aveva tenuto a bada George stesso. «Torniamo a Tolosa.»

Lui sfogliò un'altra volta la documentazione. Così rapidamente che di sicuro non poteva leggervi nulla. «Facciamolo! È una fantastica opportunità di presentare anche il nostro film.» Si mordicchiò di nuovo il labbro. «Possiamo perfino prendere in considerazione il convegno quando facciamo il film. Nella scelta delle danze da inserire. Quella gente impara così in fretta; dunque ci può essere anche una danza in più.»

Buona idea! «Quest'invito arriva proprio al momento giusto.»

«Adesso dobbiamo solo riuscire a fare tutto.»

«Per questo», lei sventolò la sua copia, «avremmo addirittura quasi un anno di tempo.» E se potessero ricavarne qualcosa di più? Un invito per il Club di Danza Lietzensee? Dal vivo invece del film?

13

La sera, il direttore editoriale della casa editrice telefonò a casa a Friederike. «Signora Lagrange, ho appena letto la sua lettera.» Era quasi senza fiato. «Questo film è un'idea grandiosa! Innalza la pubblicazione a un livello del tutto nuovo...» Attraverso il telefono giungevano rumori di masticazione. Per la telefonata avrebbe davvero potuto aspettare di aver finito di cenare. «Tuttavia – la vedo dura. Come possiamo finanziarlo?»

Era perplessa su cosa lui intendesse e aspettò un'ulteriore spiegazione. Ma lui parve allo stesso modo attendere una risposta da lei. «Un CD vergine costa... quanto? Non pensa di poter aumentare il prezzo del libro di due Euro rispetto a quanto originariamente programmato, se c'è in più il CD?»

«Per questa tiratura non copre le spese aggiuntive.

«Quali spese aggiuntive ha? La busta di plastica per l'inserimento del CD?» Stravolse gli occhi; che razza di pignolo. «Un conoscente lavora in una casa discografica. Posso chiedergli volentieri quanto costa.»

«Ma signora Lagrange! Per chi mi prende?» Lei preferì non rispondergli. «Parlo dei costi per la produzione del film. Gli ingaggi.»

«Oh, se è per questo! Abbiamo già chiarito tutto; non si preoccupi. Mio marito è nel consiglio direttivo di un circolo di danza. E i ballerini sono contenti del diversivo.» Aspettò un attimo per sentire se lui aveva da aggiungere qualcosa. Niente da aggiungere. «Altrimenti le avrei allegato un preventivo delle spese.»

La sua risposta fu incomprensibile; probabilmente stava solo pensando tra sé ad alta voce. Se non riusciva a decidersi... Ora avevano la conferenza di Tolosa in vista. Quella valeva certamente il progetto; anche se il Club di Danza Lietzensee non lo adottava permanentemente come offerta aggiuntiva. E per due Euro gli studenti avrebbero certamente acquistato il CD.

«Signora Lagrange, ne discuterò domattina con il signor Weyring. Sono sicuro che dopodiché potrò darle il via libera.» Come se fossero dipesi da quello. O lo avessero aspettato. Burocrati!

Dopo aver concordato un appuntamento telefonico per il pomeriggio seguente, Friederike prese un bicchiere e la bottiglia cominciata di Burgunder nel frigorifero. Scelse un vecchissimo film di Truffaut e si avvolse in una coperta sul divano del salotto.

Un'ora più tardi, George rincasò dalla sua seduta del consiglio direttivo. Dopo che si fu riempito il bicchiere, si sedette accanto a lei, le prese i piedi in grembo e iniziò a massaggiarli. «Com'è stata la tua giornata, Rieke?»

«Interessante. L'anno prossimo c'è una conferenza a Tolosa...» Gli raccontò dell'idea di convincere il museo per un evento collaterale aperto al pubblico. «...e quel Weyring domani dovrebbe dare la sua benedizione al nostro CD.»

«Dovrebbe dare. Che significa?»

«Saprà solo domani della sua buona sorte. Il direttore editoriale ha un po' paura, ma glielo vuole rendere appetibile.»

«Per quando dobbiamo aver imparato tutto?»

«Dipende da quanto ci mettono a far produrre i CD. Per Natale, presumo.»

«Natale?» George si drizzò a sedere. «Oh, bene. Il consiglio direttivo ha deciso di organizzare un ballo di San Silvestro con programma.» Ridacchiò malizioso. «Invece di una solita giornata a porte aperte.»

«Con programma?» E Werner lo aveva approvato? Ma per

quello avevano bisogno di un palco. Nei locali del circolo, non riusciva a immaginarselo. Se la sala grande fosse piena di ospiti, non ci sarebbe molto spazio per ballare. E se ci fosse abbastanza spazio per ballare, ci sarebbe poco spazio per degli ospiti paganti. Allora il ballo non frutterebbe moltissimo.

«Affittiamo lo 'Zenner' al Treptower Park. È in una posizione ideale. Immaginati come i fuochi d'artificio si rifletteranno nella Sprea.» George si entusiasmava sempre di più, mentre sciorinava davanti a lei i dettagli del programma. Di sicuro in questo modo aveva fatto piazza pulita anche degli scrupoli di Werner. «Naturalmente le tue danze barocche sono il punto culminante prima di mezzanotte.» Si grattò pensieroso il dorso del naso. «A proposito di mezzanotte! Potremmo anche allestirlo come ballo in maschera, che ne pensi?»

Come ballo in maschera! Si era dimenticato del ballo di carnevale? Le si aggrovigliò lo stomaco al ricordo della furia di Madeline.

«Oh!» George alzò le sopracciglia; poi cominciò a ridere. Evidentemente se ne ricordò anche lui. «Dipendeva dai carnet di ballo di Marga, non dalle maschere.» Sì, questo era vero.

«Per i costumi del barocco ci servirebbero delle maschere veneziane.» Ma di certo erano anche disponibili in qualche materiale di scena.

George battè un ritmo immaginario con il piede sinistro. «Allora facciamolo come ballo in maschera.» Era felice come un bambino. Non lo vedeva così euforico da parecchio tempo. Forse per lui faceva davvero la differenza se poteva ballare anche lui o meno. Sarebbe diventato un dilemma per lei, se gli fosse venuto in mente di non limitarsi al suo progetto. Il suo progetto? Si passò pensierosa la mano tra i capelli.

«Ehi, quel posto è prenotato per le mie dita.» George attirò verso di sé la mano di lei e ne baciò il palmo. «Cosa stai macchinando, che ti devi arruffare così i capelli?»

«Sembra che il circolo possa fare parecchio bella figura con le danze barocche.»

«Sì, certo. Se addirittura le portiamo in scena altrove...» La guardò interrogativo.

Era meglio non dire nient'altro oppure era più saggio sfruttare il momentaneo entusiasmo di George? «Sto riflettendo.»

«Ma lo fai in continuazione.» Si chinò in avanti e le diede un bacio sulla punta del naso. «E cosa c'è stavolta?»

«Ci sono alcuni dei ballerini che sono entusiasti quanto te. Non potete aprire un nuovo gruppo? O questo porta via troppa energia a quello che ballano in origine?»

«Intendi dire un'offerta aggiuntiva?» Il suo viso non rivelò quello che stava pensando. Ora doveva lasciarlo riflettere indisturbato finché lui non aveva un'opinione in proposito di cui potessero discutere. Altrimenti si sarebbe sentito assillato. «Werner non saprà come possiamo finanziarlo.»

Ma perché mai oggi parlavano tutti solo di quanto costava il tutto? «Ma la gente oltre alla quota di iscrizione paga extra per i singoli corsi o le ore di allenamento.»

«Sì, certo; ma dobbiamo mantenere queste tariffe più basse possibile. E la quota di base non è calcolata affinché molti possano approfittare di tutto.» Questo lei poteva capirlo. Diversamente, il circolo non poteva allo stesso tempo offrire quote contenute e presentare un'offerta varia.

«Ma dal momento che le stanze sono libere, un altro gruppo potrebbe usarle e così almeno dare un piccolo contributo per l'affitto.»

Su questo George non poteva avere nulla da ridire.

Avrebbe fatto bene al bilancio, se il circolo si fosse aperto a nuove idee. Doveva conquistarsi i giovani, se voleva sopravvivere. Solo con i balli lisci non tirava più avanti.

14

Per la risposta a Tolosa c'era ancora tempo, ma Friederike informò Tom che loro volevano partecipare. Ma Carlsen sapeva il francese?

Lo sapeva, disse Tom. E le fece presente che il consiglio di facoltà senz'altro non avrebbe potuto avvantaggiarli di nuovo. «La facoltà non può permettersi di cedere Carlsen a un'altra università.»

Significava che Carlsen aveva ricevuto una chiamata per un'altra università e ora conduceva delle trattative per rimanere? Allora dovevano proprio raccontare del loro film sulla danza al consiglio di facoltà, per essere imbattibili.

Imprecando mentalmente, Friederike tornò nel suo ufficio e trascorse le tre ore successive facendo ricerche su quali università avessero aperto un bando per quali cattedre. Se avesse trovato qualcosa di appropriato, Michael doveva fare domanda e poi condurre anche lui delle trattative per rimanere. Potevano rinunciare a lui ancor meno che a Carlsen – almeno Tom la vedeva come lei.

Odiava questi intrighi; ma a quanto pareva, non se ne era interessata per troppo tempo. E per ancora più tempo non vi aveva partecipato. Michael l'avrebbe presa per pazza, quando glielo avesse detto. Anche lui non era bravo a intrigare; ma si doveva fare.

Alla fine aveva tre bandi che non erano ancora scaduti. Di sicuro Michael non avrebbe mai accettato questi posti. Ma erano adatti a mettere sotto pressione il consiglio di facoltà.

Nel pomeriggio andò in ufficio da lui per discutere la revisione dei loro manoscritti. Portò con sé i bandi.

Con sua sorpresa, le chiese di negoziare con l'editore una data di pubblicazione anticipata.

Lei studiò per un po' il suo piano di lavoro. «Non va bene, Michael», disse alla fine. «Non riusciamo a finire il CD così velocemente. Le persone devono prima imparare tutto.»

«Sono bravi; l'hai visto tu stessa sabato. Trasformiamo gli appuntamenti di mezza giornata dei week-end in giornate intere. Così ce la facciamo.»

«Perché all'improvviso hai tanta fretta?»

Michael sospirò. «I pettegolezzi... Corre voce che Carlsen in mattinata abbia consegnato in posta il suo manoscritto. Qualcuno ha visto un pacchetto spesso indirizzato alla casa editrice Herkomm.»

«Alla casa editrice Herkomm?» Fissò Michael incredula. «È un editore per il grande pubblico!»

«Lo so. Ma che differenza fa?» Sogghignò. «A parte il fatto che lui pensa che il suo materiale non sia abbastanza solido per una pubblicazione scientifica.»

«Ma Michael!» Come poteva dirlo sul serio? «Significa che cercherà di fare entrambe. Ha solo posticipato il lavoro più duro.»

«Sicuro. Probabilmente lavora prima di tutto alla sua lezione come docente ospite per Friburgo. Ho visto la richiesta di rimborso per le spese di viaggio.»

«Si fa rimborsare da qui le spese di viaggio per fare domanda a Friburgo?» Che spudorato!

«Non fa domanda per Friburgo.»

«E tu come lo sai?»

«Mi ha telefonato il preside di facoltà. A dicembre organizzano un simposio e volevano invitarmi.» Perché glielo diceva soltanto adesso? «Gli ho detto che non ho tempo. Il nostro comune progetto ha la precedenza.» E poi, come se potesse leggerle nel pensiero: «Per questo non ti ho detto niente.»

Ovviamente questa era una spiegazione. Ma non un buon motivo. «Perché non lasci che decidiamo insieme se porti avanti entrambi i progetti? È un'opportunità in più per te.»

«Opportunità per cosa? Non ho intenzione di andarmene via da Berlino. Eventualmente prenderei in considerazione Potsdam. Berlino è sempre una città emozionante; non vorrei dover rinunciare a niente di ciò.»

E allora forse lei non doveva uscirsene con l'idea della falsa domanda. Se lui aveva una passione così impetuosa per Berlino, allora lo sapevano anche altri. Non avrebbero creduto che faceva domanda da un'altra parte.

«Comunque», proseguì lui. «Ora è troppo tardi. Ci va Carlsen, invece.»

«Non avresti potuto pensarci?» Ma che succedeva a Michael? Non si preoccupava mai, mai, di come poteva portare avanti la sua carriera? Di colpo era incavolata. «Ma lo capisci o no che questo lo rivaluta anche qui da noi?»

Alzò le spalle. «Non mi metto in competizione con gli altri. Per me contano gli studenti e che il mio lavoro mi diverta.» Rise birichino. «Così come il nostro progetto di danza. È semplicemente grandioso che in esso io riunisca tutto ciò che è importante per me.» Che abile ruffiano!

Friederike scosse la testa ancora snervata, ma la sua rabbia sbollì al punto che la ragione ebbe il sopravvento. «Se solo Carlsen non riesce a rovinare i nostri piani. Immagina, prosciugherebbe il budget per i viaggi della facoltà!»

«Il museo di Tolosa paga le spese di quelli che loro invitano.»

«Per uno di noi, sì. E l'altro?»

«Adesso scriviamo innanzitutto il *paper* e poi dobbiamo vedere se ci vogliono davvero invitare.» Cosa che, dopo il successo di Oxford, era garantita. In fin dei conti, lei aveva ricevuto la *call for papers* grazie a quello. Ma da chi? Doveva guardarsi ancora una volta la lista dei partecipanti; evidentemente le era sfuggito almeno uno dei francesi. Avrebbe fatto sì che Carlsen non bagnasse loro il naso un'altra volta come a Oxford.

Michael guardò l'orologio. «Devo andare al seminario. E poi comincio a preoccuparmi di questo.» Sventolò la documentazione di Tolosa.

Ora lei non aveva detto una parola sulla finta domanda. Doveva farlo? Era ancora indecisa. Forse doveva concentrarsi sul lavoro, invece di immischiarsi negli intrighi. In ogni caso, lei non era fatta per queste cose.

15

Tre giorni dopo, Friederike sedeva in ufficio da Michael con una bottiglia di champagne. Weyring aveva fatto molto più che accogliere la proposta con il CD di danza: l'estate a venire avrebbero presentato il loro libro tradotto e il loro lavoro negli USA.

Improvvisamente, la porta venne spalancata e Carlsen entrò come una furia. Aveva i capelli dritti come se li avesse arruffati da ore e la sua faccia era diventata rossa.

Guardò da Michael a Friederike e ritorno. Poi il suo sguardo si fermò sulla bottiglia di champagne. Si piantò i pugni sui fianchi. «Ma allora ho proprio indovinato.»

Friederike gli sorrise. «Ha indovinato che siamo seduti qui insieme e beviamo un bicchiere di spumante?» Alzò un sopracciglio. «E io che pensavo di aver coperto con cura la bottiglia, quando sono arrivata stamattina.»

Carlsen gonfiò le guance. Letteralmente; sembrava un palloncino. «Lei! È da quindici anni che Lei ha come scopo di rovinarmi la carriera. Ma questo non lo tollero più. Farò in modo che voi due non possiate più farvi vedere in giro.»

«Ma cos'è successo, professor Carlsen?» Carlsen non reagì al tono allusivo con cui Michael usò il titolo.

Però diventò ancora più rosso in faccia. «Mi avete rubato la mia pubblicazione!» Alzava sempre di più la voce. «Prima mi tagliate fuori a Oxford; ora dalla casa editrice Kurinski.»

«Ah sì? Voleva pubblicare con la casa editrice Kurinski? Il signor Weyring non ha menzionato minimamente di essere in contatto con Lei.» Dunque aveva seriamente pensato di rielaborare il materiale della conferenza di Oxford e pubblicarlo, per così dire, una seconda volta. E si immaginava che Weyring non lo avrebbe saputo. Carlsen pareva essere lungi dal pensiero che questo potesse essere il motivo per cui la casa editrice non voleva il suo libro.

Dal modo sprezzante con cui Michael lo squadrava, probabilmente aveva pensieri del tutto simili. Ma perché Carlsen credeva che loro ne fossero responsabili?

«Questa me la lego al dito.» Carlsen era davvero in grado di rizzare ancora di più le penne. Probabilmente si inebriava della sua rabbia.

Michael si alzò. «Signor Carlsen, dovrebbe andarsene. La Sua condotta è inaccettabile.»

La calma di Michael sembrò irritarlo ancora di più. Strinse i pugni e boccheggiò.

Nel corso degli anni aveva già visto alcune scenate di Carlsen; ma questa le superava tutte. E solo a causa di un problema con una qualunque casa editrice? Impossibile. Doveva esserci dietro di più.

Michael aprì la porta e gli fece cenno di uscire con un gesto inequivocabile.

Carlsen provò a pugnalare Friederike con lo sguardo prima di voltarsi verso la porta.

Due studentesse passavano ridendo lungo il corridoio. Davanti alla porta di Michael rallentarono il passo. Una di loro salutò cortesemente Carlsen; ma le sopracciglia alzate dicevano chiaramente che era stupita. Sicuramente non aveva mai visto il suo professore così alterato.

Il rossore sul volto di Carlsen divenne più acceso. «Sì, ecco...», borbottò. Poi lasciò precipitosamente l'ufficio.

Michael chiuse la porta e vi si appoggiò contro. «E questo cos'era?»

Friederike indicò il proprio manoscritto. «Ce la facciamo a finirlo oggi?»

Con una risata sommessa, Michael tornò alla scrivania. «Non manca molto.» Sfogliò il manoscritto fino ad arrivare al penultimo capitolo. «Ancora soltanto questo...» Suggerì alcune integrazioni, perché alcuni al Club di Danza avevano espresso il desiderio di imparare anche la gavotta bretone. Michael riteneva che quindi dovevano fare delle riprese anche di quella e commentarla.

«Finirà per diventare un intero corso di ballo, se continui così.»

«È divertente insegnare il ballo agli altri.» Di colpo lui si irrigidì, la sorpresa nei suoi occhi. «Che c'è? A vederti sembra che io abbia trovato la pietra filosofale.»

Forse l'aveva trovata davvero. Gli prese il braccio. «Lo faresti anche a titolo onorifico?»

«Come adesso?» Ghignò. «Perché no!»

«Non come adesso. Non in modo così intensivo, ma più a lungo.» Sorrise compiaciuta al suo sguardo sorpreso. «Pagare gli istruttori rende molto difficile al circolo entusiasmarsi per nuovi gruppi o corsi. Marga... affitto... che ne so... Sono tutte spese che ci sono comunque. Ma le lezioni con l'istruttore, ognuna è un costo extra.»

«Anche se così Marga ha più ore lavorative?»

«Marga non guarda l'orologio. Sta comunque in ufficio un bel po' più di quel che dovrebbe. Credo che ne abbia bisogno.»

«Non dovremmo né approvarlo né appoggiarlo.» Le rughe di espressione attorno ai suoi occhi divennero più profonde. «Rieke, e la tua fede sindacalista, allora?»

Lei ridacchiò. «Vuoi dire la mia coscienza di classe? In questo caso, sto sciaguratamente dalla parte degli sfruttatori.»

«Torniamo al manoscritto.» Aha, su questo non aveva nulla da dire.

16

Due mesi dopo, cominciarono con le riprese nella sala delle feste del castello Schönhausen.

La ballerina di *square dance* Carola Maaßen era responsabile per le acconciature. Arrivò con un'insegnante e tre allieve della sua classe di parrucchiere alla scuola professionale e si dedicarono al loro compito con fervore. Con dei posticci e una valanga di accessori acconciarono i capelli delle ballerine per la parte del film ambientata a corte. Poiché le parrucche che si vedevano in molti film storici in verità erano state di moda solo per un periodo relativamente breve, avevano deciso di non usarle per le ballerine. Ma i ballerini dovevano indossarne, perché nessuno di loro aveva capelli abbastanza lunghi da raccoglierli sulla nuca.

Tanja aveva deciso di usare dei costumi del rococò. Le *poches* fissate sopra i fianchi erano più comode delle sferiche gonne barocche con guardinfante. E gli abiti profondamente scollati, dai colori pastello, ben più belli degli indumenti puritani dell'alto barocco.

Friederike ricevette un vestito verde pallido con il corsetto abbondantemente ricamato, una profonda scollatura ad angolo retto e maniche lunghe fino ai gomiti, che continuavano sull'avambraccio con pizzi ad ago vaporosi – le *engageantes*.

Peter Kornfeld, l'amico di Michael, venne in mattinata, quando la maggior parte delle ballerine aveva l'acconciatura pronta. Portò con sé un'operatrice, il proprio segretario di edizione e una visagista. Il suo quartetto d'archi si componeva di studenti dell'accademia musicale che ce l'avevano messa tutta per l'onore di esibirsi nel film. Per ogni danza avevano imparato diversi pezzi e, mentre Peter installava la tecnologia, loro selezionavano insieme a Chris quelli che avrebbero suonato.

George era felice come un bambino, quando dopo un po' capì che tutti lavoravano con la massima professionalità. Dopo che ebbe indossato il proprio costume e fu truccato, non si scollò praticamente più dal fianco di Peter. Ma si intromise solo pochissimo e i suoi suggerimenti erano quasi tutti utili.

Ballarono due volte la *contredanse française* sulla musica del quartetto, poi si iniziò a fare sul serio. Peter accese i riflettori e l'operatrice la sua cinepresa; il segretario di edizione tenne il ciak davanti all'obiettivo. «Uno – prima.»

Chris unì di più i piedi, diversamente dal solito, e così non dava più per nulla l'impressione di un *caller* di *square dance*. Con questo piccolo cambiamento di atteggiamento riuscì davvero a darsi un'aria di affettazione cortese.

«*Le rond.*» Gli otto ballerini in ciascun quadrato si presero le mani e ballarono in cerchio, prima a sinistra e poi a destra ... «*Le moulinet des dames.*» Le ballerine si diedero la mano destra al centro del loro quadrato e girarono in senso orario; poi, dandosi la mano sinistra, in senso opposto... «*L'allemande.*» Le coppie si presero le mani con le braccia incrociate dietro la schiena e terminarono poi il loro giro con un passo di rigaudon... «*En avant et en arrière.*» Un passo di gavotta in avanti e uno indietro...

Michael stava in piedi accanto a Peter un po' distante da Chris e faceva fermare la ripresa se venivano commessi degli errori. Friederike ballava con George nello stesso quadrato di Madeline, che aveva Axel come compagno. Spesso George teneva gli occhi più sugli altri ballerini che su Friederike; ma se la cavò bene. Solo due volte fece il primo passo dopo che Axel si era già messo in movimento.

Michael sembrò non averlo visto e lasciò continuare a ballare. Pensò Friederike. Ma poi Peter fece ripetere la danza in cui George aveva pasticciato. Lo stesso più tardi con un'altra che non andava abbastanza bene a Michael.

Alla fine avevano ballato cinque delle nove "strofe" della *contredanse française*, fino alla soddisfazione di Michael e Peter.

«Quanti week-end avevi previsto?», chiese George.

Friederike non voleva affatto dirglielo – questa faccenda delle riprese durava molto più di quello che lei aveva pensato. «Ce la caveremo di sicuro in quattro week-end.»

George corrugò la fronte.

«Ma sì», disse lei con quanta più convinzione possibile nella voce. «Dal momento che balliamo con i costumi contadini, impieghiamo molto meno tempo per vestiti e acconciature.»

«Anche se abbiamo solo un'ora in più al giorno, fa la differenza», disse Peter. «E per voi diventerà una routine.» Smontò i suoi riflettori. «Dove andiamo a mangiare, Michael?»

Per pranzo George e Friederike si unirono a Michael e ai cineasti al "Richter's im Tschaikowski-Eck", un ristorante in stile berlinese antico, a soli cinque minuti dal castello. George fu definitivamente nel suo elemento, quando Peter iniziò a fargli domande sulla sua passata carriera come ballerino da sala.

«Scuola di ballo – ma rende ancora qualcosa, al giorno d'oggi?», chiese alla fine Peter.

«Noi siamo un circolo, non una scuola di ballo. Sebbene anche da noi si possa imparare a ballare.» Spiegò per filo e per segno a Peter la differenza tra scuole e circoli; ovviamente intanto minimizzò un po' la concorrenza che c'era tra loro.

Peter aveva seguito le sue lunghe argomentazioni con immutato interesse. Quando George ebbe finito, lui si appoggiò indietro, un'espressione soddisfatta sul viso. «Potrei portarlo alla RTL. Lei sa che l'emittente fa questi *talent* di ballo. Ormai un reportage sull'argomento dovrebbe interessare gli spettatori.»

George afferrò la mano di Friederike. «Allora deve discuterne con l'editore che pubblica il libro di mia moglie.»

Ma Peter fece un cenno di diniego. «Non voglio avere il film; non questo. Sto pensando a un servizio sulla scena della danza a Berlino. Con il Suo circolo, se Lei gradisce. – Che se ne faccia qualcosa, dipende ovviamente se io ricevo l'incarico da RTL.»

George strinse ancora di più la mano di Friederike; pareva riuscire a dominare solo a fatica la sua eccitazione. Pubblicità gratuita da un'emittente prestigiosa! Sarebbe stato molto di più di una semplice giornata a porte aperte. O del ballo di San Silvestro in programma. «Quanto in fretta ha bisogno della nostra decisione?»

Peter alzò le spalle. «Se potesse essere presto?»

«Possiamo deciderlo subito alla prossima seduta del consiglio, questo martedì. Come La rintraccio?»

«Tramite Michael, naturalmente.» Peter sorrise sotto i baffi. «Ho capito giusto che lui è socio del circolo?» Ma poi pescò nel portafoglio e fece scivolare attraverso il tavolo verso George un biglietto da visita; faceva davvero sul serio.

George lo studiò prima di intascarlo.

Michael si alzò. «Si ricomincia!»

Quando ritornarono al castello, George prese sotto braccio Friederike e la trattenne. «Sono felice che tu mi abbia persuaso a intraprendere quest'avventura.»

«Werner farà tanto d'occhi.»

«Gli cadranno fuori dalle orbite.» George fece un'espressione truce. «E anche a Hans-Dieter.» Poi si fermò e la baciò teneramente.

FINE

Quick, quick, slow – Club di Danza Lietzensee

La nipote

Madeline Lagrange, la nipote del presidente del "Club di Danza Lietzensee", apprende il ballo liscio senza grande entusiasmo. Ma poi si imbatte nel gruppo di *square dance* del circolo. E si innamora – non solo del ballo, ma anche del *caller*, l'americano Chris Rinehart.

Chris è affascinato da Madeline fin dal primo istante. Ma lui è l'istruttore del gruppo e lei è minorenne. Dunque rinnega i propri sentimenti nei suoi confronti.

Mentre Madeline, con la caparbietà dei suoi diciassette anni, cerca di sedurre Chris, suo nonno fa di tutto per bandirlo dal circolo per mettere zizzania tra loro.

Tascabile e E-Book

***

Flirt con una star

L'amore segreto di Tanja Walters è il suo compagno di ballo di *square dance* Micky Hasloff. Tuttavia, quando i ballerini vengono ingaggiati per un western, lei ha un flirt con la star del film, Manolo Rioja.

Per gelosia, Micky sabota le riprese. Un incontro con Rioja e sua moglie lo convince che non è la star a ostacolarlo, ma la sua stessa paura. Micky oserà adesso rivelare a Tanja il suo amore?

Tascabile e E-Book

Sull'autrice:

Annemarie Nikolaus ha cominciato a dedicarsi alle opere letterarie all'inizio del 2001. Dal 2011 pubblica soprattutto in modo indipendente.

È originaria dell'Assia e ha vissuto per vent'anni nel Nord Italia. Nel 2010 si è trasferita con la figlia in Alvernia, in Francia.

Dopo gli studi di psicologia, pubblicistica, politica e storia, ha lavorato, tra le altre cose, come psicoterapeuta, consigliera politica, giornalista, editor e traduttrice.

In rete potete trovare Annemarie qui:
Blog in italiano: http://bit.ly/2JuLrBl
Facebook: www.facebook.com/AnnemarieNikolaus.Autorin
Twitter: http://twitter.com/AnneNikolaus

Pubblicazioni:

In italiano:

Reale Repubblica. Collana «*Mondo in fiamme*». Romanzo storico. ISBN del tascabile 978-xx

Lume di speranza. Calendario dell'Avvento. Romanzo distopico. ISBN del tascabile 9782902412433

La Corsara. Collana «*Mondo dei draghi.*» Romanzo fantasy. ISBN del tascabile 978-xx

Ridotti al silenzio. Mini thriller. ISBN del tascabile 9782902412730

Storie di magia. Storie brevi per bambini. ISBN del tascabile 9782902412693

Il cavallo di fuoco. Romanzo fantasy. ISBN del tascabile 9782902412709

Oltre la legge. Brevi gialli storici. ISBN del tascabile 9782902412754

La nipote. Collana «*Quick, quick, slow – Club di Danza Lietzensee*». Romanzo d'amore. ISBN del tascabile 9782902412761

Ritorno al parquet. Collana «*Quick, quick, slow – Club di Danza Lietzensee*». Romanzo sul matrimonio. ISBN del tascabile 9782902412846

Flirt con una star. Collana «*Quick, quick, slow – Club di Danza Lietzensee*». Romanzo d'amore. ISBN del tascabile 9782902412853

Deceduto. Storie brevi. ISBN del tascabile 9782902412648

Aquitania: La fine di una guerra. Collana «*Ai bordi della strada...*» ISBN del tascabile 9782902412839

Le edizioni originali tedesche:

Romanzi e racconti brevi

Storico

Königliche Republik. Romanzo storico. ISBN del tascabile 9782902412471.

Verjährt. Brevi gialli storici. ISBN del tascabile 9782902412549.

Fantastico

Die Piratin. Collana *"Drachenwelt"*. Romanzo fantasy. ISBN del tascabile 9782902412495

Das Feuerpferd. Romanzo fantasy, insieme a Monique Lhoir e Sabine Abel. ISBN del tascabile 9782902412501.

Magische Geschichten. Storie brevi non solo per bambini. ISBN del tascabile 9782902412488

Renntag in Kruschar. Collana *"Drachenwelt"*. Antologia fantasy.

Leuchtende Hoffnung. Un romanzo di fantascienza come calendario dell'Avvento. ISBN del tascabile 9782902412563

Giallo

Ustica. Un mini thriller. ISBN del tascabile 9782902412556. Edizione tascabile con buono d'acquisto per l'e-book.

Tot. Storie brevi. ISBN del tascabile 9782902412587

Verjährt. (v.s.) ISBN del tascabile 9782902412549

Rosa

Die Enkelin. Collana *"Quick, quick, slow - Tanzclub Lietzensee".* Romanzo d'amore. ISBN del tascabile 9782902412518

Flirt mit einem Star. Collana *"Quick, quick, slow - Tanzclub Lietzensee".* Romanzo d'amore. ISBN del tascabile 9782902412532

Zurück aufs Parkett. Collana *"Quick, quick, slow - Tanzclub Lietzensee".* Romanzo sul matrimonio. ISBN del tascabile 9782902412525

Saggistica

Da vedere in viaggio

Aquitanien: Das Ende eines Krieges. Collana *"Am Rande des Weges ..."* ISBN del tascabile 9782902412570

La collana su letteratura e libri

Suche Reisebegleitung. Collana *"Fliegende Blätter".* ISBN del tascabile 9781499608427.

Junge Welten. Collana *"Fliegende Blätter".* ISBN del tascabile 9781500971991